너의 낯섦은 나의 낯섦

너의 낯섦은 나의 낯섦

아도니스

김능우 옮김

غربتك التي تميت، غربتي
Adonis

THE PAGES OF DAY AND NIGHT
by Adonis

차례

사랑

길과 집이 나를 사랑한다
그리고 집에 있는 붉은 항아리 하나
물이 그것을 연모한다.

이웃이 나를 사랑한다
그리고 들판이, 타작마당이, 불이.

노동에 시달리는 팔뚝들이 나를 사랑한다
세상살이가 즐거워도, 즐겁지 않아도.
그리고 내 형제의
그의 처진 가슴의 갈가리 찢겨 흩어진 조각들
이삭과 계절이 그것을 감춘다.
홍옥수(紅玉髓) 하나
피가 그것을 보고 부끄러워한다.
내가 존재했던 이래 사랑의 신(神)은 있어 왔다 ──
내가 죽으면 사랑은 무얼 할까?

집

유령들의 이야기는 우리 집에서
아직도 우리의 입술에서 오가고,
쟁기와 타작마당에 의해 감추어진다;

그 안에서 우리는 우리의 여행길을 위한 불빛을 밝혔고
그 안에서 미지의 세계를 꿈꾸었다 ─

하나의 우주에서 또 다른 우주로 도약하며
한 세대에서 또 다른 세대로 비상하며

산고(産苦)

누구를 위해 새벽은 내 눈의 창(窓)을 열고
내 갈비뼈 위로 길을 내는가?

왜 죽음은 내 존재를 가득 채우며 고동치고
내 일생을 몇 초(秒)의 날갯짓에 묶어 두는가?

나는 알았다: 내 피가 시간의 자궁임을
내 양 입술에 진실의 산고(産苦)가 있음을

부활과 재

꿈

나는 꿈을 꾼다
험난한 지평선에서 새의 날개를 타고 오는
불씨가 내 손안에 있는 꿈을.
나는 불씨에서 불꽃 — 역사 속의 카르타고[1] — 냄새를
맡는다
나는 불씨에서 한 여인을 힐끗 본다
그녀의 머리카락은 배[船]가 되었다고 한다
나는 불씨에서 한 여인 — 운명의 산 제물 — 을 힐끗
본다.

나는 꿈을 꾼다
나의 폐부가 불씨가 된 꿈을.
불씨의 향(香)은 나를 낚아채 바알베크[2]로 날아간다
바알베크는 제단
그곳에는 자신의 죽음에 심취한 새가 있다고 한다
새는 새로운 내일이란 이름으로 부활이란 이름으로
불렸다
새가 불에 탄다
태양과 지평선은 그 수확물

12

낯섦에 대한 찬가

불사조여, 화염이 너를 감쌀 때 너는 어느 지평선을
탐험하느냐?
잃어버린 솜털. 그런 것에 너는 어떻게 인도되느냐?
재가 너를 뒤덮을 때 너는 어떤 세상을 느끼느냐,
그리고 네가 원하는 옷, 네가 좋아하는 색깔은 무엇이냐?
모든 불안감이 가라앉을 때 너는 무엇을 겪느냐?
너는 여명(黎明)의 태양인 공주를 얻었는데
불사조여, 여명은 무엇이냐?
마지막 말은, 마지막 손짓은 무엇이냐?

너의 낯섦은 나의 낯섦
나의 타나토스를 사랑하는 너의 낯섦
타자(他者) 때문에 근심하며 죽는 너의 낯섦
타자를 연모하며 죽는 너의 낯섦
너의 낯섦은 나의 낯섦
질식으로 묶인 너의 가슴 위에는 어머니가 없다
너에게 생명을 주는 다정한 아버지가 없다.
너의 낯섦, 그 안에 유일한 것은 나의 낯섦
불타는 모든 창조자의 낯섦
그들 안에서 지평선이 태어난다.

내 노래에 관해,
내 노래가 낯설다고 말한다
그것에는 돌더미로 된 현(絃)도, 메아리도 없다고,
나의 이마도 그것처럼 낯설다고 말한다.
너의 낯섦은 나의 낯섦
나는 나의 존재에서 돌더미와 공허, 어둠을 제거했다
그 외의 것을 향한 나의 갈망으로, 나의 위대한 사랑으로.
내 뒤에는 커다란 대문과
쇠사슬 —— 공허와 돌더미와 어둠 —— 이 여전히
나를 지켜보고, 그 시선을 내 발걸음에 고정시킨다.
방황하고 있는 나는 내 이마에 쇠사슬을 채운 자들과
살해하려고 산길에 매복한 자들조차 사랑한다.
방황하는 나는 내가 유아(幼兒)임을 느낀다
나는 사랑에 심취한 돌들로 된, 나의 연인 바알베크를
내가 일으켜 세우는 것을 느낀다
나는 불탄다
내 안에서 지평선이 커진다
내 안에서 지평선이 태어난다
아침이 잠에서 깨어날 때
처음으로 내게 날개가 생겨난다
너처럼, 불사조여

동료여.

불사조여,
죽음은 우리의 청춘 안에서
죽음은 우리의 삶 안에서
샘터와 탈곡장을 갖는다.
고독의 바람이나
무덤들의 메아리는 죽음의 심중에 없다.
어제 어느 한 사람이 죽었다
십자가에서 죽었다.
그의 불은 스러졌다가 되돌아왔다.
그는 버찌의 호수, 빛의 불길, 약속으로 보였다.
그의 불은 스러졌다가 되돌아왔다
재와 어둠으로부터.
그의 불은 작열하였다
그는 많은 날개들을 가졌다
우리나라에 있는 꽃 종류만큼,
날수만큼, 햇수만큼, 잡석만큼이나 많은 날개를.
불사조여, 니처럼 그의 사랑은 흘러넘쳤디.
그는 높이 올랐고, 그를 향한 우리의 배고픔을 느꼈다.
그는 죽었다
자신의 날개를 펼치며,

자신을 재로 만든 자마저 품에 안으며.
너처럼, 불사조여
봄[春]과 화염을 안아 주는 이여
고달픔처럼 온순한 나의 새여,
길의 선구자여.

아이샤[3]의 재

나는 우리에게 있다고 들었다
나는 우리 중에 있다고 들었다
자신들의 죽음을 연모하는 돌더미 셋이 있다고.
그중 하나는 동굴이고
다른 둘은 녹(綠):
"신이시여, 만일 우리가 죽는다면 우리의 육신은
자갈 조각들이 되겠지요.
신이시여, 만일 우리가 죽는다면.
우리의 일생은 숭배였으니
우리에게 베풀어 주오 당신의 집을
당신 곁에서 지속되는 영원을."

공허의 세 가지 ─

하나는 동굴이고
다른 둘은 녹:
"신이시여, 우리의 뼛속에서 벽은 얼마나 흔들렸고
우리 눈에서 등잔불과 아침 빛은 꺼졌으며
당신의 옛 이름을 위한 우리의 기도는 견고했고
우리의 마음은 죄스러운 쾌락을 잊었던가요
당신의 숭고한 약속을 소망하며."

돌더미 셋이 자갈처럼 커진다
자갈처럼 그들은 생각한다
하나는 동굴이고
다른 둘은 녹,
동굴은 메아리가 있다:
"주여, 저는 다른 자가 되었습니다:
저의 관절은 못[釘]이고
저의 두 무릎은 목재입니다.
나의 주여, 당신의 미천한 종을 위해 축복의 처소를
마련해 주소서
저에게 안락한 거처를 주소서
금과 은으로 만든 잔이 있고,
그곳의 어린애들은 영원토록 사는.
제가 당신 이웃으로 사랑을 받으며 불멸하도록 하여

주소서, 나의 신이시여."

공허의 셋이 자신들의 일생을 증오한다
우리에게 있는 공허는
바알베크 같은 화로를 갖는다
공허는 자신의 불과 죽음, 부활을 갖는다:
불길은 얼마나 찬란한가, 얼마나 장엄한가
투쟁은 얼마나 위대한가, 어느 영웅이 끝날 것인가
다가오는 세월은 누구 것인가
분쟁은 죽는가, 약해지는가, 그대로 지속되는가?

우리의 이웃 할머니 아이샤는 걸려 있는 새장 같다
그녀는 돌무더기와 공허, 장식용 천을
그리고 신에 의한 운명과 예정을 믿는다
그녀의 속눈썹은 별들의 거처이고
별 저마다는 소식 하나.
아이샤는 우리의 일생이 비 없는 구름이라고 말한다
그녀는 말한다
지구는 가장 흉측한 공[球]으로
신이 자신의 보좌 아래에서 그것의 형상을 지었고
실수로 높은 곳에서 그것을 굴렸다고
마치 그것이 복음인 것처럼:

"화가 있으라, 화가 있으라, 불신자여
행복할지어다, 훈계를 받아들인 자여."
우리의 이웃 할머니 아이샤는 신앙심이 깊다
가까운 자나 먼 자나 그녀를 사랑한다
그리고 장식용 천들로 치장된 많은 거리가 있는 도시들이.
우리나라의 정주민으로,
거기에서 종양으로
유채(油彩) 간판으로
파리들로 된 초록색 새장으로
숨어 있는 그가 그녀를 사랑한다.
우리의 이웃 할머니 아이샤는 신앙심이 깊다
그녀의 삶은 양털 가죽이며 경건함의 미신이고,
지구를 데리고 자신의 성운으로 회귀하고
사포(砂布)와
밤의 조류로 된
보호소에 삶을 구금하는 지혜다.
우리의 이웃 아이샤는 우리의 삶에서 우리의 새로운
불사조다
우람하고 키 큰 그녀는 시선을 끌고
마음과 생각을 사로잡는다, 불사조여
그녀는 마치 달과 같다.

부활의 찬가

불사조, 불사조여
동경과 분신(焚身)의 새여
암흑과 섬광을 자신의 뒤에서 뽑아내는
깃털이여.
여행자여, 너의 발걸음은 한 송이 꽃의 일생이다
너의 시선은 눈부심이고 너의 두 눈은 저울대다.
여행자여, 너의 시대는 네가 창조한 내일이다
너의 시대는 내일 — 내일의 영원한 실재(實在) — 이다
하나의 약속을 위한:
그것으로 너는 창조자가 되고, 그것으로 너는 진흙이
된다
네 안에서 하늘과 대지는 하나가 된다.
불사조여, 너의 길을 가다 우리를 돌아다보아라
불사조여, 동경하고 침착하라
불사조여, 죽어 다오, 불사조여, 죽어 다오
불사조여, 너로써 불길을 댕기자
아네모네가 피어나게 하자
생명이 시작되게 하자
불사조여, 재여, 기도여.

우리의 불길이 거세게 타오른다
우리 안에서 영웅이, 새로운 도시가 태어나기 위해.
우리의 근원 안에서 그 끝이 감추어진 우리의 불길이
찬미한다
세상이 불에 타,
너의 이름 —— '재'와 '소생' —— 과 같은 세상이 되는,
너의 이름 —— '생명', 희생하는 '사랑' —— 과 같이 되는 그
순간을.
너는 우리를 불태우고, 재가 된 네 깃털에 우리를 묶어
길을 인도한다.
불사조여, 너는 우리의 어둠을 보는,
우리가 어떻게 소멸되는지 느끼는 자다
불사조여, 우리를 위해 희생하여 죽어 다오
불사조여, 너로써 불길을 댕기자
아네모네가 피어나게 하자
생명이 시작되게 하자
그대여, 재여, 기도여.

불사조여, 불사소여
공허와 폐허와 어둠에서 단절된 채
나는 본다 네가 시간을
—— 샘물 같은 젖을 분비하는 이 불쏘시개를 —— 모아

불을 붙여 높이 들어 올리는 것을.
나는 너의 날개가 취(醉)한 것을, 높이 오른 것을, 추락한
것을 본다
나는 네가 화염에 잠기는 것을 본다.
모래와 폐허와 어둠에서 단절된 채
나는 불꽃이 된 너를 본다,
나는 본다, 여명에게 낯설고
친숙하며 웃음 짓는 불씨인 너를.
돌더미와 폐허와 어둠에서 단절된 채
나는 너의 재를 보고 또 본다
그것은 마치 너를 다시 불러온 것 같다
그것은 마치 너를 되돌려 놓은 것 같다.
불사조여, 나는 내 눈길을 네게 주겠다, 내 눈길을 주겠다:
나는 너의 불을 통해 슬쩍 본다
감추어진 ─ 우리의 상처를 감싸는 ─ 미지의 세계를.
또한 나는 돌더미와 모래와 어둠을 슬쩍 본다.
강보에 있는 신(神)은, 우리의 세월이
불길로, 죽음의 고통으로, 벽으로 삼아 걸쳐 입은 신이다
세월은 그분을 보지 못한 채 걸쳐 입고 있다.
기쁘구나.
"여인이여, 시멘트 어깨여, 쇠의 허리들이여,
무너졌지만, 여전히 살아 있고 사람이 사는 보호소여.

여인이여, 내 이름은 소생(蘇生)입니다
내 이름은 내일
다가올 내일 — 멀어질 내일입니다.
내 영혼 안에는 제물이 된 불길이 있습니다
불사조여, 내 영혼을 기쁘게 해 다오
나와 하나가 되어 다오, 나는 그의 이름을 통해 내 현재의
모습을 알았습니다
또한 그의 이름을 통해 나는 내 현재의 불이 되어 살고
있습니다.
노년의 여인이여, 저는
당신이 볼 수 있는 위험을 감지할 수 있는 자가 아닙니다,
지금 제 손은 자신의 살로 가득 차 있고
자신의 피를 흘리고 있습니다.
지금 저는 걸어갑니다, 언제나 걸어갑니다,
제 발걸음은 저를 사랑합니다,
그리고 제 발은 발걸음의 먼지를 그리워하면서, 그 먼지를
털어냅니다
그리고 저는 여전히 제 힘을 알고 있습니다
제 가슴은 그 정점에 있고,
제 이마는 삼나무 같습니다."

기쁘구나.

"한 세상의 가슴이 열린다
그것의 속눈썹은 사랑과
소박함이고, 태양이 그 가능성을 숨기지 않는 내일이다
우리처럼 느끼는 — 우리와 함께 느끼는 — 염원의
신성(神性)이 우리를 껴안아 준다."
불사조여, 나는 내 눈길을 네게 주겠다, 네게 주겠다
불사조여 죽어 다오, 불사조여 죽어 다오
불사조여, 지금은 네가 새롭게 부활하는 순간이다:
재 같던 것이 불꽃으로 되었구나, 되었구나
과거는 긴 잠에서 깨어나
우리의 현재 속으로 들어왔다:
"그 영웅이 자신의 적수를 향해 돌아섰다
그 야수는 천 개의 검(劍)을 갖고 있다
그의 송곳니는 맷돌이고
날카롭게 깎은 발톱은 뱀의 독이다.
그 강인한 영웅은 새끼 양 같다
탐무즈[4]는 새끼 양 같아서 — 봄이 오면 뛰어다닌다
꽃들과 들판, 그리고 물을 그리워하는
별 모양의 개울과 함께.
탐무즈는 불꽃의 강
하늘이 그 밑바닥으로 잠수한다.
탐무즈는 포도나무 가지

새들이 자기들의 둥지로 그것을 가린다.
탐무즈는 신과 같다.

그 영웅이 자신의 적수를 향해 돌아있다
탐무즈가 자신의 적수를 향해 돌아선다:
그의 내장은 아네모네가 되어 솟아난다
그리고 그의 얼굴은 구름이고, 비로 된 정원이다.
그리고 그의 피, 이렇게 그의 피가 실개천이 되어 흘렀다
그 시냇물은 모여들어 커졌고
강이 되었다
그리고 강은 ― 그것은 여기서 멀지 않다 ― 계속 흐르고
붉은 색을 띠어 시선을 사로잡는다.
야수는 사라졌고 그의 적수는 신으로 남았다
그는 아네모네가 되어
꽃의 개울이 되어 우리와 함께 남았고
강에 남아 있었다."

그 영웅은 인도되어, 자신의 죽음을 향해 갔다
아니, 나는 그의 이마가 자신의 구름 속에 심긴 깃을
자신의 씨앗들에 잠긴 것을 보지 않겠다
그리고 나는 그의 가슴을 내 눈동자에 꿰매 붙이지
않겠다

아니, 나는 그가 비가 되는 것을, 바람의 시체가 되는
것을
비가 되는 것을, 들판과 수확물의 시체가 되는 것을 보지
않겠다
나는 생명의 부싯돌이 그의 재에 있는 것을 보지 않겠다
그래서 내일 나는 그가 자신이 좋아하는 영웅으로 새로운
모습을 갖는 걸 볼 것이다
내일 나는 그가 슬프면서 즐거운 노래가 되는 걸 볼
것이다.

불사조여, 지금은 네가 새롭게 부활하는 순간이다:
재 같던 것이 불꽃으로, 별 모양의 불길로 되었구나
봄은 뿌리들 속으로, 대지 속으로 들어와
우리의 지난날의 모래와 노파, 그리고 세 가지:
돌더미와 공허와 어둠을 제거했다.
불사조여, 내 이마가 너의 포로가 되게 해 다오
우리의 눈꺼풀에서 먼,
우리의 손바닥에서 먼 너의 숭고함에서.
그리고 내가 마지막으로, 너의 썩은 날개에 있는 흙먼지를
만지게 해 다오.
내가
마지막으로 꿈을 꾸게 해 다오

내 폐(肺)가
험난한 지평선으로부터
새의 날개를 타고 오는 불씨인 꿈을.
그리고 내가 신전의 불씨에서 불꽃의 냄새를 맡게 해
다오
── 아마도 그 안의 형상들은 특징을 갖고 있을 것이다
그리고 아마도 카르타고가 구현되었을 것이다:
먼지 가루들 안에 불꽃이 있다
내가 마지막으로 꿈을 꾸게 해 다오
내 폐가 불씨인 꿈을.
그 향(香)은 나를 데리고 날아가고;
그리고 내가 마지막으로:
지금 나는 내 무릎을 굽혔다
지금 나는 고분고분하게 앉았다
그러니 나로 하여금 마지막으로 꿈을 꾸게 해 다오,
불사조여
내가 불길을 껴안게 해 다오
내가 불길 안에서 사라지게 해 다오
불사조여, 불사조여
길의 선구자여.

나날

그의 두 눈은 나날에 지쳤다
그의 두 눈은 나날에 아랑곳없이 지쳤다
그는 나날의 벽면들을 뚫는가?
또 다른 하루를 찾으며

있을까? 또 다른 하루가 있을까?

벼락

초록빛 벼락이여
태양과 광기(狂氣) 속의 내 아내여,
바위가 눈꺼풀들 위에서 부서졌으니
사물들의 순위를 바꾸시오.

나는 하늘 없는 대지로부터 그대에게 왔소
신(神)과 심연으로 충만해
바람과 독수리들을 날개 삼아,
나는 씨앗들 위의 모래에 난입하고
다가오는 구름에게 고개 숙여 인사를 건네니,
사물들의 순위를 바꾸시오
태양과 광기 속의 내 모습이여
초록빛 벼락이여.

그는 별이 아니다

그는 별이 아니다
예언자의 영감(靈感)이 아니다
달에게 조아리는 얼굴이 아니다

지금 그가 온다
우상 숭배자의 창(槍)처럼
글자의 대지를 침략하면서,
피를 흘리면서,
태양을 향해 흘린 피를 바치면서

지금 그가 돌의 알몸을 걸치고
동굴에 경배한다

지금 그가 가벼운 대지를 가슴에 품는다.

미흐야르 왕

미흐야르[5] 왕
통치자인 그의 꿈은 궁전과 불의 정원.
그에 대한 불만을 낱말들에게 토로했던
하나의 목소리가 오늘 죽었다.
미흐야르 왕은
바람의 왕국에 살고
비밀의 대지에서 다스린다

그의 음성

미흐야르는 자신의 연인들에게 배신당한 하나의 얼굴
미흐야르는 울림이 없는 종(鐘)들
미흐야르는 얼굴들 위에 적혀 있다
버려진 백색 길 위로
몰래 우리를 찾아오는
노래가 되어.
미흐야르는 방황하는 자들의 종(鐘)이 되어
이 갈릴리의 대지에 울린다.

상처

1
바람 아래에서 잠자는 나뭇잎은
상처를 위한 배 한 척.
그리고 절멸한 세월은 상처의 영광
우리의 속눈썹에서 오르는 나무는
상처를 위한 호수.

그리고 상처는
무덤이 길어질 때
인내가 길어질 때
우리의 사랑과 우리의 죽음의 둑 사이에 있는
교각(橋脚)들에 있다.
그리고 상처는 몸짓
상처는 건너는 중에 있다.

2
종소리에 질식된 언어에게
나는 상처의 음성을 준다.
멀리서 나아오는 뜰에게
바스러질 만큼 메말라 가는 세상에게
눈썹매에 실려 가는 세월에게
나는 상처의 불을 붙인다.

그리고 역사가 내 옷에서 불타고
푸른 손톱들이 내 책에서 자라날 때
그리고 내가 낮에게
너는 누구지? 누가 너를 내 처녀지에 있는
내 노트에 던져 넣지?라고 소리칠 때
나는 내 처녀지에 있는 내 노트에서 흘깃 본다
먼지로 된 두 눈을.
나는 듣는다
"나는 너의 작은 역사(歷史)에서
인내하고 성장하는 상처다."
라는 누군가의 말을.

3
나는 네 이름을 구름이라 지었다
상처여, 떠나가는 비둘기여.
나는 네 이름을 깃털, 책이라 지었다
그리고 이제 나는 대화를 시작한다
나와 고대 언어 간에
두꺼운 책의 섬들에서
유구한 과오의 군도(群島)에서.
그리고 이제 나는 대화를 가르친다
바람과 야자수에게

상처여, 떠나가는 비둘기여

4
만일 내게 꿈과 거울의 고국에 항구들이 있다면
만일 내게 배 한 척이 있다면
만일 내게 도시의 잔해가 있다면
만일 내게 어린이들과 울음의 고국에 도시가 있다면,
상처를 위해 이 모든 것을 엮어서
지을 텐데.
나무들과 돌들과 하늘을 관통할,
물처럼 유연한,
정복(征服)처럼 완고하고 어리둥절한,
창(槍) 같은 노래를.

5
우리의 사막에 비를 내려 주오
꿈과 동경으로 장식된 세계여.
비를 내려 주오,
그러나 우리를 흔들어 주오, 상처의 야지수인 우리를.
그리고 우리에게 나뭇가지 두 개를 꺾어 주오
상처의 침묵을 사모하는 나무에서
속눈썹과 두 손이 굽은 채

상처 위에서 밤을 지새우는 나무에서.

꿈과 동경으로 장식된 세계여
내 이마에 상처처럼 그려지면서
떨어지는 세계여
가까이 오지 마오, 상처가 당신보다 더 가깝소
나를 유혹하지 마오, 상처가 당신보다 더 아름답소.
당신의 두 눈이 최후의 왕국들에 던진 추파를
상처가 거쳐 갔소.
상처는 지나가면서 유혹하는 돛을 남겨 두지 않았소
또한 섬[島]을 남겨 두지 않았소.

시시포스에게

나는 물 위에 글을 쓰기로 맹세했다
나는 시시포스와 함께 짊어지기로 맹세했다
그의 육중한 바위를.
나는 시시포스와 함께하기로 맹세했다
열(熱)과 불꽃을 견디고
눈이 먼 안공(眼孔)들에서
마지막 깃털을,
풀과 가을을 위해
흙먼지의 시를 쓰는 그 깃털을 찾으며.

나는 시시포스와 함께 살리라 맹세했다.

죽음으로의 초대(― 합창곡)

미흐야르가 우리를 때리고
우리 안에서 불로 그슬린다
생의 껍데기를
그리고 인내와 온순한 용모를.

그러니 우리의 대지여
신의, 폭군들의 아내여
공포와 재앙에 굴복하시오
또한 불에 굴복하시오.

여행자

여행자인
나는 내 얼굴을
내 등불의 유리에 남겨 두었다
나의 지도(地圖)는 창조주 없는 대지
그리고 거부는 나의 복음서.

방랑자

방랑자인
나는 나의 먼지를 위해 기도하고
이방인 신세인 내 영혼에게 노래한다.
그리고 나는 아직 완성되지 않은 기적을 향해,
내 노래가 불사르는 세상을 지나가고
문턱을 놓는다.

타인들

그는 타인들을 알아보고는
그들 머리 위로 자신의 바위들을 던지고 돌아섰다.
이른 아침을,
또한 태아의 순수한 모습으로 급히 길어가는 세월을 들이
나르며.

그의 얼굴은 낯선 경계들에 걸려 있는 채로
그 위에 기대어 빛을 발한다.
그곳에서 그는 자신만 만나고 온다
그곳에서 그는 타인들을 보지 못한 채 돌아섰다.
이른 아침을 들어 나르며
가까운 하늘의 표면을 지우며

행선지 불명의 땅

당신이 설령 돌아간다 할지라도, 오디세우스여
당신에게 공간이 협소하다 해도,
그리고 길 안내자가
당신의 비장한 얼굴 속에서
또는 당신의 친근한 두려움 속에서
불에 타 죽는다 해도,
당신은 이탈의 역사로 남을 것입니다
당신은 기약 없는 땅에 남을 것입니다
당신은 행선지 불명의 땅에 남을 것입니다
당신이 설령 돌아간다 할지라도, 오디세우스여.

제가 당신께 말씀드렸지요……

제가 당신께 말씀드렸지요
바다들이 내게 자신들의 시를 들려주었고
내가 조개껍질 속에서 잠든 종(鐘)의 소리를 들었다고요.

제가 당신께 말씀드렸지요
내가 노래를 불렀다고요
사탄의 혼례에서
사교(邪教)의 향연에서요.

제가 당신께 말씀드렸지요
내가 보았다고요
역사(歷史)의 빗줄기 속에서
노정의 불꽃 속에서
소녀 정령과 집을요.

나는 나의 두 눈에서 항해하기에
제가 당신께 말씀드렸지요
나는 모든 것을 보았다고요
노정의 첫걸음에서요.

죄의 언어

나는 나의 유산(遺産)을 불사른다
나는 말한다
나의 대지가 처녀지라고
내 청춘에는 무덤들이 없다고
나는 신과 사탄을 넘어 건너간다
(나의 길은 신과 사탄의 길들보다 더 먼 길)

나는 건너간다
내 책 안에서
빛나는 번갯불의 행렬 안에서
초록색 번갯불의 행렬 안에서.
나는 환호한다
내 이후 천국도 타락도 없다고
그리고 나는 죄의 언어를 지운다

당황(— 합창곡)

그가 당황하고 있기에
우리에게 가르쳤다
우리가 흙먼지를 읽고 있음을.

그가 당황하고 있기에
우리 바다들의 위로 지나갔다
그의 불길로, 세대들의 갈망으로 생긴 구름이.

그가 당황하고 있기에
상상력이 우리에게 주었다
자신의 연필들을.
우리에게 주었다
자신의 책을.

어느 신이 죽었다

어느 신이 죽었다
거기로부터 있어 왔던
하늘의 골고다로부터 하강했던 신이.
어쩌면 공포와 멸망 속에서
절망 속에서
미로 속에서.

그 신이 내 마음의 심층에서 승천한다
어쩌면 대지는 나의 침대이자 반려자
그리고 세계는 허리를 굽실거린다.

예견

불에 그을린 나무 가면을 써 다오
불과 신비의 바벨이여.
나는 훗날 오실 신을 기다리니.
화염의 옷을 걸치고
바다의 폐(肺)에서, 석화(石花)에서 훔쳐 온
진주로 치장하신 그분을.
나는 곤혹스러운 신을 기다리니.
분노하고 통곡하고 고개 숙이고 빛을 발하는 그분을.
미흐야르여,
그대의 얼굴은
훗날 오실 신을 예고한다오.

아부 누와스⁶를 위한 애도사

방황하는 자
당신 주위의 낮 시간은 폐허의 세월
어떻게 머리를 꼿꼿이 세울 수 있는지 깨달은 자
당신 얼굴에는 시간이 있소
내가 당신 뒤에서 돌무더기 행렬 속에 있음을 아는 자
우리의 역사 뒤에는 황무지가 있소
나와 시와 비
나의 깃펜은 여종의 볼록한 젖가슴이고 나의 원고지는
생명.

아부 누와스여,
긴 망토와 폐허로 밤이 우리를 감싸게 합시다.
우리의 사랑하는 이들은 하늘처럼 위선적인 폭군들이니
아름다운 고통과 바람과 불꽃을 위해
부활과 소망을 죽입시다.
그리고 노래하고, 도움을 청하고, 돌무더기와 더불어
살아갑시다.
우리와 시와 비,
아부 누와스여, 그렇게 합시다.

대화

"미흐야르, 당신은 누구십니까?
당신은 누구를 선택할 겁니까?
당신이 어디를 향해 가든 신이 또는 사탄의 심연이
있지요.
가 버리는 심연이나 다가오는 심연이 있고
세계는 선택이지요."

"나는 신도 사탄도 선택하지 않습니다.
그 둘 다 벽이지요.
그 둘 다 내 두 눈을 닫게 합니다.
내가 벽을 벽으로 바꾸겠어요?
나의 당혹감은 빛을 비추는 분의 당혹감이고
전지한 분의 당혹감입니다……."

심연

나는 심연 속으로 다가가는데
그것을 보는 것에 무지합니다
나는 그것을 보는 게 두렵습니다
나는 다가갑니다
내 노래가 다른 노래들처럼 된다는
기쁨으로 충만한 심연 속으로.
그것은 이 눈먼 세상을 이끌어 갑니다
내가 죄가 된다는,
죄 없이 살아 있는 죄인이 된다는 기쁨으로.

눈물의 가교

눈물의 가교가 있습니다
나와 같이 걸어가고
내 눈꺼풀 아래에서 부서지는.

나의 자기(瓷器) 피부에는
유년 시절의 기사(騎士)가 있습니다
자신의 말들을 나뭇가지의 그늘에
바람의 밧줄로 매어 두고
우리를 위해 예언자의 목소리로 노래 부르는.
"이 바람이여
이 유년이여
내 눈꺼풀 아래에서 부서진
눈물의 가교들이여"

아담

아담이 내 귀에 속삭였다
탄식 속에 숨이 막힌 채
침묵 속에 흐느끼며
"나는 세상의 아버지가 아닙니다
나는 천국을 잠시라도 본 적이 없습니다
나를 하느님께 데려다주십시오."

마법의 대지

남아 있지 않았다
나와 운명의 수호자 간의
원한도, 반목도.
저마다 가 버렸고,
자신의 역사에 구름 울타리를 쳤다.
저마다 자신의 경계를 보았다.

나의 대지는 여전히 마법의 대지.
나는 공기를 오도(誤導)한다
나는 물의 얼굴에 상처를 낸다
나는 바다에서 물병 밖으로 나온다.

한 번이자 마지막으로

한 번이자 마지막으로
나는 내가 공간에 떨어지는 꿈을 꾼다.
나는 색채들의 섬에 산다
나는 인간으로 살아간다
나는 눈먼 신들과 눈 뜬 신들과 화해한다
마지막으로.

죽음

만일 우리가 신들을 창조하지 않는다면 우리가 죽는다
만일 우리가 신들을 죽이지 않는다면 우리가 죽는다
길 잃은 바위의 왕국이여.

두 개의 주검

나는 매장했다
너의 비굴한 오장육부에
머리에, 두 눈에, 두 손에
미너렛을.

나는 매장했다
두 개의 주검인
대지와 하늘을.

부족(部族)이여,
매미들의 유대(紐帶)여,
풍차여.

현존

나는 대지 위에서 문을 열고, 현존의 불을 붙인다.
서로 뒤엉키거나 서로의 뒤를 쫓아가는 구름들에서
대양과 연모하는 파도들에서
산들과 숲들에서, 바위들에서.

임신한 밤들을 위해
천둥과 벼락의 노래들이 울려 퍼지는 들판에 있는
뿌리들의 재로 된 나라를 창조하고
이전 시대들의 미라를 불태우며.

까마귀의 깃털로 쓴다

1
나는 꽃도 들판도 가져오지 않는다
사계절도 가져오지 않는다.
내게는 모래 속에도 바람 속에도
아침의 광채 속에도 아무것도 없다
하늘과 더불어 흐르는
젊은 피 외에는.
대지는 예언자의 양 이마에 있고
참새들의 퍼덕거림은 끝이 없다.

나는 사계절도 가져오지 않는다
꽃도 들판도 가져오지 않는다.
내 핏속에는 먼지의 샘이 있다.
나는 내 두 눈 안에서 살고
내 두 눈에서 섭취한다.
나는 사는 동안 일생을 몰고 간다.
존재를 껴안는
강바닥으로 가라앉는
꿈을 꾸거나 당황한 듯한
가서 돌아오지 않을 듯한
배를 기다리며.

2
침묵의 암세포 속에서
봉쇄당한 상태에서
나는 흙 위에 나의 시를 쓴다
까마귀의 깃털로.
나는 알고 있다
내 눈꺼풀에 빛이 없음을
흙먼지의 지혜 외에 아무것도 없음을.
나는 카페에 앉아 있다
낮과 함께
의자의 목재와 함께
버려진 담배꽁초와 함께.
나는 앉아서 기다린다
나의 망각된 약속을.

3
나는 무릎 꿇고 기도드리고 싶다
날개가 부러진 부엉이를 위해
바람에 꺼져 가는 깜부기불을 위해.
나는 기도드리고 싶다
하늘의 당황한 별을 위해
역병이 가져올 죽음을 위해.

나는 내 유향 속에 불사르고 싶다
나의 청춘 시절과 내 노래들을
그리고 내 노트와 잉크와 잉크병을.
나는 기도드리고 싶다
기도에 무지한 모든 것을 위해.

4
베이루트는 내가 가는 길에 나타나지 않았다.
베이루트는 꽃을 피우지 않았다
이렇게 나의 들판이 있건만.
베이루트는 열매를 맺지 않았다
이렇게 나의 들판에 메뚜기 떼와 모래의 봄이 있건만.
홀로 나는 꽃 없이 사계절 없이
홀로 나는 열매들과 함께
해 질 시간부터 동틀 시간까지
베이루트를 보지 않고 거기를 지나간다
베이루트를 보지 않고 거기에 살고 있다
나 홀로 낟알과 열매들과.
우리는 낮과 함께 간다
우리는 거기 아닌 다른 데로 간다.

불의 나무

나무 잎새들의 가족이
샘터 가까이 앉아
눈물의 대지에 상처를 입히고
물에게 불의 예언서를 읽어 준다.

나의 가족은 나의 도착을 기다리지 않고
가 버렸다
불도 흔적도 없이.

연금술의 꽃

나는 재[灰]의 천국에서 여행해야 한다
그곳의 감추어진 나무들 사이로.
재에는 전설들과 다이아몬드와 황금빛 양털이 있으니.

나는 굶주림 속에서, 장미꽃 속에서,
추수(秋收)를 향해 여행해야 한다.
나는 여행해야 한다.
나는 쉬어야 한다
고아가 된 입술들의 아치 아래에서.

고아가 된 입술들에, 그것들의 상처 입은 그림자에
고대 연금술의 꽃이 있으니.

동녘의 나무

내가 거울이 되었다
내가 만물을 반영했다
내가 당신의 불 속에서 물과 식물의 제례를 바꾸었다
내가 소리와 외침의 형상을 바꾸었다

내가 당신을 둘로 보게 되었다
당신, 그리고 내 두 눈 속에서 헤엄치는 이 진주.
나와 물이 연인 사이가 되었다.
내가 물의 이름으로 태어나고
내 안에서 물이 태어난다.
나와 물이 쌍둥이가 되었다.

주야(畫夜)의 나무

낮이 오기 전에 내가 온다.
낮이 자신의 태양에 관해 묻기 전에 내가 빛을 비춘다.
그리고 나무들이 내 뒤에서 뛰어오고,
소맷자락들이 내 그림자 속에서 걸어간다.
그러고 나서 망상들이 내 얼굴에
섬들과 침묵의 요새들을 짓는데
그곳의 문들에 대해 말[言]은 알지 못한다.

진실한 밤이 빛을 비추고
날들은 내 침대에서 자신을 망각한다.
그러고 나서 샘물이 내 가슴에 떨어지며
자신의 단추를 끄르고 잠에 들 때
나는 물과 거울들을 깨우고
거울 같은 예지의 표면을 닦고 잠에 든다.

나무

나는 창(槍)을 들지 않았고
머리통을 찔러 파내지 않았다.
그리고 여름에, 또한 겨울에
나는 참새처럼 이동한다
기아의 강에서, 마법에 걸린 강어귀로.

나의 왕국은 수면(水面)을 옷 삼아 걸친다.
나는 영계(靈界)를 다스린다.
나는 다스린다
놀란 상태로 그리고 고통 속에서
화창한 날씨에 또는 폭풍우 속에서.

내가 가까이 가든 멀어지든 차이는 없다.
내 왕국은 빛 속에 있고
대지는 집의 문이다.

아침의 나무

아침이여, 우리의 절망한 들판으로 나를 만나러 오라.
우리의 절망한 들판으로 가는 길에는
메마른 나무들이 있으니.
우리는 얼마나 자주 약속했던가
나무들의 메마른 그늘에서 우리는 두 개의 침대로,
두 어린아이로 계속 남아 있겠다고.

나를 만나러 오라
너는 나뭇가지들을 보았고
나뭇가지들의 외침을 들었고
그 가지들의 수액을 말[言]로 남겨 두었던가?

눈길을 붙잡는 단어들
돌들을 쪼개는 단어들

나를 만나러 오라
나를 만나러 오라
마치 우리가 이전에 만나, 어둠의 천을 짜
그 옷을 입었고, 와서, 그것의 문을 두드렸고, 커튼을
올렸고
창문들을 열었고
나무줄기 굽이굽이에 은둔했듯이.

마치 우리가 우리의 눈꺼풀에 도움을 청했고
단지에서 꿈과 눈물을 따라 부었듯이.
그리고 마치 우리가 나뭇가지들의 나라에 남아 있다가
돌아오는 길을 잃었듯이.

새싹들의 영역

이카로스가 여기를 지나갔다
그는 야윈 이파리들 아래에 천막을 세웠다
그는 불 냄새를 맡았다
유순한 새싹들 속 초록의 방들에 있는.
그리고 그는 흔들었다
그는 나무줄기를 흔들었고, 피신했다
그리고 그는 실타래처럼 휘감겼고
그런 뒤 취해서 날아갔다

이카로스는 불에 타지 않았다
그는 아직 돌아오지 않았다

칼리다를 위한 거울

1- 파도

칼리다는 슬픔
그 주변 나뭇가지들에서 나뭇잎이 움튼다
칼리다는
낮을 눈동자들의 물에 빠뜨리는 여행.
파도가 내게 알려 주었다
별들의 빛이
구름들의 얼굴이
그리고 먼지의 신음이
꽃 한 송이임을.

2- 물 밑에서

우리는 밤[夜]의
── 밤은 먼지 알갱이 ──
대추나무로 직조된 이부자리에서 잠을 잤다.
우리의 내장은 피의 환호성, 심벌즈의 리듬
그리고 태양들의 번썩이는 빛이 물 밑에 있다.
그러자 밤이 임신했다.

3- 실종

언젠가, 나는 당신의 두 손 안에서 길을 잃었다
내 입술은 낯선 정복을 고대하고
포위당하기를 연모하는 요새였다
나는 전진했다
당신의 허리는 술탄이었고,
당신의 두 손은 군 사령관이었으며,
당신의 두 눈은 은신처이자 친구였다
그리고 우리는 하나로 뭉쳤고, 함께 길을 잃었고
우리는 불의 숲으로 들어갔다
나는 그곳을 향해 첫걸음을 내디뎠고
당신은 길을 열어 주었다.

4- 피곤

집 주변의 오랜 피곤은
이제 화분들과
발코니를 갖게 되었고
그 오두막에서 잠을 잔다.
그가 모습을 감춘다.

우리는 그의 여행 중에 그를 얼마나 걱정했던가
우리는 뛰어가
집 주위를 돌았다
우리는 모든 풀들에게 묻고, 기도하고
그를 흘끗 보고, 외친다.
"어떻게, 무엇을, 어디에서?
모든 바람들이
불어왔고
모든 나뭇가지가
왔는데
당신은 오지 않았군요."

5 - 죽음

이렇게 몇 초가 지난 후 작은 시대가 올 것이다
발걸음들과 사람들의 발길이 닿았던 산길들이 올 것이다
잠시 후 집들은 낡게 될 것이다
잠시 후 침대가 자기 시대의
불을 끄고 죽을 것이다
그리고 베개도 죽을 것이다.

사랑에 빠진 육체를 위한 거울

사랑에 빠진 육체는 매일같이
대기에 녹아들어 향수(香水)가 되고
빙빙 돌면서 모든 향수를 불러 낸다.
그는 자신의 침대로 가
자신의 꿈들을 덮어 가리고,
유향처럼 용해되고
유향처럼 다시 응고된다.
그의 첫 시 작품들은
교각들의 소용돌이에서 길 잃은 채
자기가 그 물에 계속 있어야 하는지를 모르고
또한 물을 건너야 하는지도 모르는 어린아이의 고통이다.

한 여자와 한 남자

(여자): 당신은 누구십니까?
(남자): 머물 곳 없는 어릿광대,
       우주의 돌멩이들 중 하나, 사탄의 후예입니다
(남자): 당신은 누구십니까?
       당신은 내 육체 안에서 여행했나요?
(여자): 여러 번요
(남자): 당신은 무엇을 보았나요?
(여자): 내 죽음을 보았어요
(남자): 당신은 내 얼굴을 하고 있었나요?
       그리고 당신은 그늘 같은 내 태양을 보았고
       태양 같은 내 그늘을 보았으며
       내 마음속에 들어와 머물면서 나에 대해
       밝혀냈나요?
(여자): 당신은 나에 대해 밝혀냈나요?
(남자): 당신은 나에 대해 밝혀냈나요? 확신했나요?
(여자): 아니요
(남자): 당신은 여전히 두려워하고 있는데 나로 인해
       치유되었나요?
(여자): 아니요
(남자): 이제 당신은 나를 알았나요?
(여자): 당신은 나를 알았나요?

순교자

내가 그의 충혈된 눈꺼풀에서 밤을 바라보면서
그의 얼굴에서 야자수를 찾지 못했고
별들도 찾지 못했을 때,
나는 그의 머리 주위를 휘몰아쳤다
바람처럼.
그리고 나는 갈대처럼 꺾어졌다.

베이루트를 위한 거울

1
거리는
슬플 때 파티하 장[7]을 읽거나
십자 성호를 긋는 여인.
그 여인의 젖가슴 아래에서 밤은,
짖어 대는 은빛 개들과
불 꺼진 별들로 자신의 자루를 채운
낯선 곱사등이.

거리는
지나가는 사람마다 깨무는 여인.
그 여인의 가슴 옆에서 잠자는 낙타는
노래 부른다
석유를 위해. (지나가는 사람마다 노래 부른다)
거리는 여인
그 여인의 침대에 세월과 시궁쥐들이 떨어지고,
사람도 떨어진다.

2
장미꽃들이 신발들 위에 그려져 있고
대지와 하늘은
그림물감 통.

지하실들에는
역사가 관(棺)처럼 그려져 있다.
별 또는 죽어 가는 여종의 신음 속에
남자들과 어린애들과 여자들이 드러누워 있다
속바지도
겉옷도 걸치지 않은 채.

3
공동묘지,
그리고 황금으로 만든
허리띠에 있는 돈지갑.
양귀비꽃 같은 여인이 잠자고
그 여인의 품에는 군주나 단검이
잠자고 있다.

서(西)와 동(東)

무언가 역사의 터널에 펼쳐져 있었다.
장식되고 지뢰가 부설된 무언가
석유에 중독된 자신의 아이를 들어 나르고
악독한 상인이 그 아이를 노래한다.
동은 보채는 아이처럼
달라고 소리쳤고
서는 아이의 흠결 없는 할아버지였다.

이 지도가 뒤바뀌었다
세계는 불타고
동과 서는
그 재가 모여 만들어진
하나의 무덤이다.

탐색

/ ……새 한 마리가
자신의 두 날개를 펼치고 있다　　　── 새는 두려워하는가
하늘이 떨어질 것을?　　　　　　　　　혹은 바람이
그 깃털 속에 책을 갖고 있음을?
새의 목은 지평선에 달라붙었고
날개는 단어가 되어
미로에서 유영한다…… /

시인들

그들을 위한 자리는 없다,　　　— 그들은
지상(地上)의 몸을 덥히고,
우주를 위해 그 열쇠들을 만든다, —

그들은 세우지 않았다
자신들의 전설을 위한
계보도, 가문도, —

그들은 전설을 썼다
태양이 자신의 역사를 기록하는 식으로, —

자리는 없다……

시도

좋아, 나는 잠들지 않으련다
나는 나의 길들을 탐색해 보려고,
다른 이들이 아는 것을 알려고 해보겠다.

좋아, 나는 이 군중 무리에 들어가겠다, ─
　한 걸음, 두 걸음, 세 걸음……/

　죽은 남자, 경찰관
　죽은 남자, 경찰관
　죽은 남자, 경찰관……/
/당신은 우리에게 불리한 증인이 되지 않겠지/
이렇게 나는 단어들의 대양에 있다
유영하는 종이들, 그리고 나는 마치 내가 다른 이들이
말한 것을 되뇌고 있는 듯한 모습을 보았다
그리고 나는 마치 내가 잠자고 있는 듯한 모습을 보았다.

아이들

아이들이 현재의 책을 읽었고, ― 말했다:
　이것이 시간이에요
　찢긴 사지들의 자궁에서 만개하는, ―

아이들이 글을 썼다:
이것이 시간이에요, 그 안에서 우리는 보았어요
어떻게 죽음이 대지를 양육하는지를,
어떻게 물이 물을 배신하는지를.

의혹의 출발

자, 나는 지금 태어나고 있다 ──
나는 사람들을 응시한다:
　　나는 이 신음을/ 이 우주를 연모한다
　　나는 눈썹을 덮는 이 먼지를 연모한다/ 나는 빛을
　발했다
나는 사람들을 응시한다 ── 샘터/ 불꽃
나는 나의 그림들을 살펴본다 ── 그리움 외에 아무
형태가 없다
　　그리고 이 광휘는
인간의 먼지 속에 있다.

시(詩)의 출발

카말 줌블라트[8]에게 드리는 인사

당신이 될 수 있는 최상은 당신이 한계를 뒤흔드는 것
　　다른 이들 ─ 그들 중 몇몇은 당신을 외침 소리라고
여기고
　　　몇몇은 당신을 메아리라고 여긴다.
　당신이 될 수 있는 최상은 당신이 증거가 되는 것
　　　빛과 어둠의.
　당신 안에서는 최후의 말이 최초의 말
　　다른 이들 ─ 그들 중 몇몇은 당신을 포말이라고
생각하고
　　　몇몇은 당신을 창조자라고 생각한다.
　당신이 될 수 있는 최상은 당신이 목표가 되는 것 ─
　　　침묵과 말의
　　　교차로가 되는 것.

최초의 작명

우리는 모든 장소에
검(劍)이란 이름을 붙였다
그리고 우리는 만들어 내기 시작했다 ―

백악질의 암석들로 된 달과,
잘린 머리통들의 숲들을
그리고 찢긴 사지들의 밤들로 된 별들을.

그리고 우리는 사상(事象)들의 왕국을 건설했다.

아부 누와스

언어 — 매력 / 단어들 — 피
그리고 하늘은 십자로.
그리고 나는 통행인
하늘과 부딪치는.

길의 시작

밤은 종이였다 —— 그리고 우리는
　　　　잉크였다:

—— "당신[男]은 얼굴을, 또는 돌멩이를 그렸습니까?"
—— "당신[女]은 얼굴을, 또는 돌멩이를 그렸습니까?"
　　나는 대답하지 않았고,
　　그녀도 대답하지 않았다/ 우리의 열애

우리의 침묵, —— 그것에는 길이 없다
우리의 사랑처럼 —— 그것에는 길이 없다

길의 시작 2

그는 세월을 책 삼아 읽었다 ── 그래서 생각했다

세상이 등잔이 되어 가고 있다고
그가 괴로워하는 밤에.
그리고 생각했다
지평선이 그에게 친구로 온다고.
그리고 생각했다

불의 얼굴과 시의 얼굴이 ── 하나의 길이라고.

사랑의 시작

　연인들은 자신들의 상처들을 읽었고 / 우리는 그
상처들을 썼다
　　또 하나의 시대로, 그리고 우리는 그렸다
　　우리의 시간을:
　　나의 얼굴은 저녁이고, 그대의 속눈썹은 아침
　그리고 우리의 발걸음은 피와 그리움
　　그들처럼/

　그들은 잠에서 깰 때마다 우리를 열매처럼 따고
자신들의 사랑을 내던지고 우리를 던졌다
한 송이 꽃처럼 바람에게.

뉴욕을 위한 무덤

1

지금까지, 지구는 서양배 모양
즉 젖가슴 모양으로 그려졌다
그러나 젖가슴과 지구 사이에는 기하학적 방식의 차이만
있을 뿐:
뉴욕,
네 발 달린 문명; 모든 방향은 살해이거나 살해로 가는
길이고,
노정에는 익사자들의 신음 소리가 있다.

뉴욕,
한 여인 ── 여인의 조상(彫像)
한 손으로 그녀는 우리가 역사라고 부르는 문서가
자유라고 일컬은 넝마 쪼가리를 치켜들고
다른 한 손으로는 지구라는 이름의 여자아이 목을
조르고 있다.

뉴욕,
아스팔트 색의 육체. 그녀의 허리에는 축축하게 젖은
허리띠가 둘러 있고,
그녀의 얼굴은 닫힌 창문이다.
나는 말했다: 월트 휘트먼[9]이 그것을 열 것이다

── "나는 태고의 암호를 말한다" ──
그러나 더 이상 자신의 자리에 있지 않은 신 외에 아무도
그 말을 듣지 않았다.
수감자들, 노예들, 빈민들, 강도들, 환자들이
그의 목구멍에서 뿜어져 나온다.
출구도 없고 길도 없다.
나는 "브루클린교(橋)!"라고 말했다
그러나 그것은 휘트먼과 월스트리트를 연결하는,
'나뭇잎-풀'과 '지폐-달러'를 연결하는 다리다.

뉴욕 ── 할렘,

실크로 만든 단두대에서 다가오는 자는 누구이고,
허드슨강만큼 긴 무덤에서 떠나가는 자는 누구인가?
눈물의 의례여! 폭발하라,
피곤의 사물들이여! 응집하라.
파랑, 노랑, 장미, 재스민,
그리고 빛은 자신의 바늘 끝을 날카롭게 갈고,
바늘로 찌르는 것에서 태양이 태어난다.
넓적다리와 넓적다리 사이에 숨은 상처여, 너에게 불이
붙었던가?
죽음의 새가 너에게 왔고 너는 마지막 숨넘어가는 소리를

들었는가?

밧줄, 목은 암울함의 줄을 꼬고 피에는 그 순간의
침울함이 있다.

뉴욕 ── 매디슨 ── 파크 애비뉴 ── 할렘,

게으름은 노동과 비슷하다, 노동은 게으름과 비슷하다.
심장들은 스펀지처럼 속이 채워졌고 손들은 갈대처럼
부풀었다.
쓰레기 더미들과 엠파이어스테이트 가면들로부터
역사는 켜켜이 쌓인 금속판들마냥 매달린 악취로
피어오른다:
눈먼 것은 눈이 아니라 머리다.
황폐한 것은 말이 아니라 혀다.

뉴욕 ── 월스트리트 ── 125번 거리 ── 5번가

메두사의 망령이 어깨와 어깨 사이에서 올라온다.
모든 인종의 노예시장.
인류는 유리 정원에서 식물처럼 살아간다.
눈에 보이지 않는 빈민들은 우주의 망 안에서
나선형의 희생자들이 되어 먼지처럼 잠긴다

태양은 장례식이고
낮은 검은 북이다.

2
여기,
세상 암석의 이끼 낀 면에서, 살해당할 지경에 있는
흑인만이
또는 죽을 지경에 있는 참새만이 나를 보고 있다.
나는 생각했다:
내가 문지방에서 멀리 떨어져 있는 사이 빨간색 화분에서
살고 있는 식물은 변모했다.
그리고 나는 읽었다:
백악관의 비단에서 우쭐거리고 문서들로 무장하고
인류를 갉아먹는, 베이루트 등지의 쥐들에 관해.
알파벳의 정원에서 시를 짓밟는 나머지 돼지들에 관해.

그리고 나는 보았다:
내가 어디 있었든지 간에 ──
피츠버그(인터내셔널 포이트리 포럼), 존스 홉킨스(워싱
턴), 하버드(케임브리지, 보스턴), 앤아버(미시간, 디트로이트),
외국 언론 클럽, 유엔 본부 내 아랍 클럽(뉴욕), 프린스턴,

템플(필라델피아),

나는 보았다

무덤으로 또는 새까만 그림자에게로, 이미 꺼진 불에게로
또는 꺼져 가고 있는 불에게로 발을 끌며 걷는 말[馬] 같은
아랍 지도와, 안장 주머니처럼 늘어진 시간을; 다른 차원의
화학이 키르쿠크[10]와 다란[11]에서 그리고 아랍 아프라시아에
있는 이 성채들의 유적에서 발굴된다.

자 여기에 우리 손 안에서 익어 가는 세상이 있다.

아아! 우리는 3차 세계대전을 준비하고, 첫 번째 두 번째
세 번째 네 번째 기관을 설치하여 확인한다:

1- 저쪽에서 재즈 파티가 있음을,

2- 이 집에는 가진 거라곤 잉크뿐인 사람이 있음을,

3- 이 나무에는 노래하는 참새가 있음을.

그리고 우리는 발표한다:

1- 우주는 새장이나 벽의 단위로 측정됨을,

2- 시간은 밧줄이나 채찍의 단위로 측정됨을,

3- 세상을 건설하는 체제는 형제 살해로 시작되는
체제임을,

4- 달과 태양은 술탄의 왕좌 아래에서 빛나는 두 개의
디르함[12] 동전임을.

그리고 나는 보았다.

지구처럼 광대하고, 눈[目]보다 더 연민의 정을 지니고
빛을 발하는 아랍어 이름들을. 그러나 "자신의 조상들도
없고 자신의 발걸음에 뿌리도 없는" 떠돌이별이 빛을
발하듯이.

여기,

세상 암석의 이끼 낀 면에서 나는 인식하고 인정한다.

나는 내가 생명 또는 나의 조국이라고, 죽음 또는
나의 조국이라고 일컫는 식물을 — 외투처럼 뻣뻣해진
바람[風]을, 유희를 죽이는 얼굴을, 빛을 몰아내는 눈[目]을
기억한다. 그리고 조국이여, 나는 너의 적수를 만들어 낼
것이다.

나는 너의 지옥에 내려가 외친다:

나는 너를 위한 유독(有毒)한 영약을 추출하여 너를 살려
낸다.

그리고 나는 인정한다: 뉴욕, 내 조국에서 너는 장막과
침대, 의자, 머리를 갖고 있다.

그리고 모든 것은 판매용이다: 낮과 밤, 메카의

흑석(黑石)¹³, 티그리스 강물.

그리고 나는 발표한다: 그럼에도 너는 숨을 헐떡이며 ─
팔레스타인에서, 하노이에서, 북쪽과 남쪽에서, 동쪽과
서쪽에서 불 외에 역사라고는 갖지 못한 사람들과 겨룬다.

그리고 나는 말한다: 세례 요한 이래 우리는 저마다
접시에 놓인 그의 잘린 머리를 들고 다니며 두 번째 탄생을
기다린다.

3

자유의 조각상들이여, 장미의 지혜를 흉내 낸 지혜를
가진 가슴들에 박힌 못들이여, 해체되어라. 바람이 동편에서
다시 불어와 천막들과 마천루들을 뽑아 댄다. 그리고 두
날개가 글을 쓴다:

두 번째 알파벳이 서쪽 지표면에서 나타난다.

그리고 태양은 예루살렘 정원에 있는 한 그루 나무의
딸이다.

이렇게 나는 나의 불을 붙인다. 나는 새로 시작하고, 모양
짓고 한정한다:

뉴욕,

짚으로 만들어진 한 여인

그리고 침대는 허공과 허공 사이에서 진동한다.

여기, 천장은 낡을 대로 낡아 있다; 모든 단어는 추락의
표시다. 모든 동작은 삽 또는 도끼다.

그리고 오른쪽과 왼쪽에는 사랑 시각 청각 후각 촉각을
변화시키고 싶어 하는, 그리고 스스로 변화하려는 육체들이
있다. ── 그 육체들은 자신들이 부수는 대문 같은 시간을
열고 남은 시간들에 즉석에서

성(性)을 시를 윤리를 갈증을 말을 침묵을 만들고
자물쇠들을 부정한다.

나는 말했다: 나는 베이루트를 유혹한다.

── "행동을 추구하라. 단어는 죽었다."고 다른 사람들은
말한다.

단어는 죽었다. 왜냐하면 너희의 혀는 언어의 습관을
버리고 몸짓 언어의 습관을 택했기 때문이다.

단어? 너희는 그것의 불을 발견하기를 원하는가?
그렇다면 써라. 나는 "써라"라고 말한다. 나는 "몸짓 언어로
해라"라고 말하지 않는다. 또한 나는 "베껴 써라"라고
말하지 않는다.

써라. ── 대양부터 만(灣)까지 나는 하나의 발언을 듣지
않고, 하나의 단어를 읽지 않는다. 나는 잡음을 듣는다.

그래서 나는 불을 던지는 사람을 보지 못한다.

단어는 가장 가벼운 것이며 모든 것을 담아낸다. 행동은
방향이고 순간이다. 단어는 방향들 전부이고 시간 전부다.
단어-손. 손-꿈.

불이여 나의 수도(首都)여, 나는 너를 발견한다.
시여, 나는 너를 발견한다.

그리고 나는 베이루트를 유혹한다. 그것은 나를 입고
나는 그것을 입는다. 우리는 광선처럼 방황한다 그리고
우리는 묻는다: 누가 읽고, 누가 보는가? 팬텀기는 다얀[14]을
위한 것이고 석유는 자신의 위치로 흐른다. 하느님은
진실하시다. 마오쩌둥의 말은 틀리지 않았다: "무기는
전쟁에서 매우 중요한 요소이지만 결정적인 요소는 아니다.
무기가 아니라 인간이 결정적인 요소다." 최종의 승리는
없으며 최종의 패배도 없다.

나는, 아랍인들이 하듯, 수원지들에서 오는 색색의
황금 강들이 쏟아지는 월스트리트에서 이 속담과
격언들을 되뇌었다. 나는 그 강들 중에서 아랍 강들이
수백만 시체들을 희생과 제물 삼아 대(大)우상에게 실어

나르는 것을 보았다. 희생물과 희생물 사이에서 선원들이
수원지들로 되돌아가기 위해 크라이슬러 빌딩 아래로
굴러가면서 너털웃음을 짓고 있다.
　이렇게 나는 내 불을 붙인다.
　우리는 우리의 폐가 역사의 공기로 가득 차도록 검은
함성에 거주한다.
　우리는 식(蝕)을 제압하기 위해 무덤들처럼 울타리가 쳐진
검은 눈[目]들에서 일어선다.
　우리는 다음 태양과 동행하기 위해 검은 머리에서
여행한다.

　4
　뉴욕, 바람의 아치에 앉아 있는 여인이여,
　원자(原子)보다 가마득한 형태로,
　숫자들의 공간에서 서둘러 가는 점(点)으로,
　하늘에 있는 허벅지로 그리고 물에 있는 허벅지로,

　말하시오. 당신의 별은 어디에 있소? 풀과 컴퓨터 간의
전투가 임박하고 있다. 일평생이 벽에 걸려 있다, 여기에
출혈이 있다. 꼭대기에는 극과 극을 결합하는 머리가,
허리에는 아시아가, 아래쪽에는 보이지 않는 육체에 딸린

．

두 발이 있다. 양귀비꽃의 사향 내음에서 유영하는 시체여,
나는 너를 알고 있다. 젖가슴 놀이여, 나는 너를 알고 있다.
나는 너를 바라보고 눈[雪]을 꿈꾼다, 나는 너를 바라보고
가을을 기다린다.

    너의 눈[雪]이 밤을 실어 나른다, 너의 밤은 죽은 박쥐
같은 사람들을 실어 나른다. 네 안에 있는 모든 벽은 묘지다.
매일은 무덤 파는 흑인 인부다
    그는 검은 빵 한 덩어리를, 검은 접시를 실어 나르고
    그 두 가지로 백악관의 역사를 설계한다:

    a-
족쇄 고리처럼 서로 연결된 개들이 있다. 철모와
쇠사슬을 출산하는 고양이들이 있다. 그리고
시궁쥐들의 등을 타고 슬그머니 달아나는 골목길들에서
백위군(白衛軍)이 곰팡이균처럼 번식한다.

    b-
    한 여자가 말처럼 안장이 놓인 그녀의 개 뒤를 따라
앞으로 걸어간다. 개는 왕의 걸음걸이로 가고, 개 주위에서
도시는 눈물의 군대가 되어 행군한다. 그리고 검은 피부로
뒤덮인 아이들과 노인들이 쌓여 있는 곳에, 총탄의 결백이

농작물처럼 자라나고, 공포가 도시의 심장부를 때린다.

c-

할렘- 베드퍼드스타이베선트[15]: 인간의 모래가
응축되어 탑 위에 탑을 쌓는다. 얼굴들은 세월을 직조한다.
쓰레기들은 어린이들을 위한 향연들이다, 어린이들은
시궁쥐들을 위한 향연들이다…… 또 다른 삼위일체를 위한
항구적인 축일에: 세금 징수원, 경찰관, 판사 ─ 파괴의
권력, 파멸의 검.

d-

할렘(흑인은 유대인을 혐오한다),

할렘(흑인은 노예무역을 회고할 때 아랍인을 좋아하지
않는다),

할렘-브로드웨이(인간은 무척추동물이 되어 알코올과
마약의 증류기들 속으로 들어간다).

브로드웨이-할렘, 쇠사슬과 곤봉의 축제, 경찰은 시간의
병균이다. 총탄 한 발, 열 마리의 비둘기. 눈[目]들은 빨간
눈[雪]으로 물결치는 상자들이다, 시간은 절뚝이며 걷는
목발이다. 흑인 노인이여, 흑인 아이여 피곤함으로 나아가라.
다시 또다시 피곤함으로 나아가라.

5^{16}

할렘,

나는 외부에서 온 자가 아니다: 나는 너의 증오를
알고 있다, 나는 그것의 맛난 빵을 알고 있다. 굶주림에는
돌연한 천둥 외에 아무것도 없다, 감옥들에는 폭력의 벼락
외에 아무것도 없다. 나는 너의 불이 아스팔트 아래에서
호스들과 가면들에서, 차가운 공기의 왕좌가 품어 주는
쓰레기 더미들에서, 바람[風]의 역사라는 신발을 신은
배척당한 걸음걸이들에서 전진하는 것을 본다.

할렘,

시간은 죽어 가고 너는 시계다:
나는 눈물들이 화산들처럼 우르릉거리는 소리를 듣는다,
나는 아가리들이 빵을 먹듯 인간을 먹는 것을 본다
너는 뉴욕의 얼굴을 지우기 위한 지우개다,
너는 그곳을 나뭇잎처럼 채어 가 던져 버리기 위한
폭풍이다.

뉴욕 = I.B.M. + SUBWAY는 진흙과 죄악에서 와 진흙과
죄악에게로 간다.

뉴욕 = 지구의 표면에 뚫린 하나의 구멍으로 그곳에서

광기가 강(江)과 강을 이루며 분출한다.
할렘, 뉴욕은 죽어 가고 너는 시계다.

6

할렘과 링컨센터 사이에서,
나는 새벽 여명의 이빨들로 뒤덮인 사막에서 길 잃은
숫자가 되어 나아간다. 눈[雪]이 없었고, 바람이 없었다.
나는 유령을 추적하는 자 같았다.(그 얼굴은 얼굴이라기보다
상처나 눈물이다. 그 몸매는 몸매라기보다 말라 버린 장미꽃
같다) 자신의 가슴에 활들을 차고 매복해서 우주를 살피고
있는 유령을 ― (그것은 여자인가? 남자인가? 그것은 여자-
남자인가?). 그가 지구라고 부른 가젤이 지나갔다. 그가
달이라고 부른 참새가 나타났다. 나는 그가 붉은 인디언의
부활을 목격하기 위해 달려갔다는 것을 알았다……
팔레스타인과 자매 지역에서,

그리고 우주는 납으로 된 띠이고,
지구는 피살자들의 스크린이다.

나는 내가 수평선 수평선 수평선 쪽으로 물결치며 흐르는
덩어리 안에서 잔물결을 이루는 하나의 원자(原子)임을

느꼈다. 나는 길게 펼쳐지고 나란하게 늘어선 계곡들로
내려왔다. 그리고 나는 내가 지구의 원형(圓形)을 의심하고
있다는 생각이 문득 들었다……

그리고 집에 '야라'[17]가 있었다,
  야라는 두 번째 지구의 한쪽 끝이고 '니나르'[18]는 다른 쪽
끝이다.
  나는 뉴욕을 괄호 안에 넣었고 그곳에 상응하는
도시에서 걸어갔다. 내 두 발은 거리들로 가득 찼고, 하늘은
눈[目]과 생각의 물고기들과 구름의 동물들이 헤엄치는
호수였다. 허드슨강은 나이팅게일의 몸을 입은 까마귀가
되어 날개를 퍼덕거렸다. 새벽이, 울면서 자신의 상처들을
가리키는 어린애가 되어 내 쪽으로 왔다. 나는 밤을
불렀으나 밤은 대답하지 않았다. 밤은 자신의 침대를 들고
가 보도(步道)에 자신을 내맡겼다. 그런 뒤 나는 밤이 바람에
뒤덮인 것을 보았다. 나는 벽들과 기둥들 외에 그 바람보다
더 부드러운 것을 발견하지 못했다…… 한 번의 함성, 두
번의 함성, 세 번의…… 그리고 뉴욕은 물 없는 연못에서
도약하는 반쯤 얼어붙은 개구리처럼 놀라 뛰어올랐다.

링컨,
  그것이 뉴욕이다: 그것은 노년의 지팡이에 의지해 기억의

공원들에서 산책한다. 모든 것들은 조화로 마음이 쏠린다.
그리고 워싱턴의 대리석 사이에서 내가 너를 바라보고,
내가 할렘에서 너와 닮은 사람을 보면서 나는 생각한다:
너의 임박한 혁명은 언제 있을 것인가? 내 목소리가 커진다:
링컨을 대리석의 흰색으로부터, 닉슨[19]으로부터, 경비견들과
사냥개들로부터 해방시켜라. 그로 하여금 새로운 눈으로
흑인들의 지도자 알리 이븐 무함마드[20]를 읽게 내버려
두어라, 그리고 마르크스와 레닌과 마오쩌둥이 읽었던
지평선을 읽도록 내버려 두어라.

  그리고 지구를 수척해지게 했고 그것으로 하여금 단어와
기호 사이에 살도록 허용했던 천상의 광인 알니파리[21]가
읽은 것도. 그리고 호찌민이 읽고 싶어 했던 것을 읽게
하라, 우르와 이븐 알와르드[22]: "나는 내 몸을 많은 몸들로
나눈다……", 우르와는 바그다드를 알지 못했다. 아마도 그는
다마스쿠스를 방문하는 것을 거부했을 것이다. 그는 남아
있었다. 그가 죽음을 나르는 데 함께하는 두 번째 어깨가
되어 준 사막이 있는 곳에. 그는 미래를 좋아하는 사람에게,
그가 "나의 애인!"이라고 불렀던 가젤의 피에 적신 태양의
한 조각을 남겨 주었다. 그리고 그는 지평선과 합의해
그곳을 자신의 마지막 집으로 삼았다.

  링컨,

그것이 뉴욕이다: 워싱턴 외에 아무것도 비추지 않는
거울. 이것이 워싱턴이다: 두 개의 얼굴을 — 닉슨과 세상의
울음을 비추는 거울. 울음의 무도회에 합류하라. 일어나라.
아직 공간이 있다, 아직 역할이 있다…… 나는 울음의
무도회를 연모한다. 울음은 한 마리 비둘기로 변하고
비둘기는 홍수로 변한다. "지구는 홍수를 필요로 한다……."

　나는 울음을 말하면서 분노를 의미했다. 또한 나는
질문들을 의미했다: 나는 알마아르라[23] 마을에게 아부
알라[24]의 존재를, 유프라테스강의 평원에게 유프라테스
강의 존재를 어떻게 납득시킬 것인가? 나는 어떻게 투구를
이삭으로 교체할 것인가? (예언자와 경전에 대해 또 다른
질문들을 던지기 위해 반드시 용기가 있어야만 한다) 나는
불을 목걸이 삼아 걸친 구름을 말하고 본다; 나는 눈물처럼
흐르는 인류를 말하고 본다.

7
뉴욕,
　나는 단어와 단어 사이에 너를 감금한다, 나는 너를
붙잡는다, 나는 너를 굴린다; 나는 너를 쓰고 너를 지운다.
너는 뜨겁고 차갑고 어중간하기도 하다. 너는 깨어 있고

잠자고 있고 어중간하기도 하다. 나는 너보다 높은 곳에
앉아 한숨 쉰다. 나는 너를 앞서가면서 네가 내 뒤에서
걷도록 가르친다. 나는 내 두 눈으로 너를 으깼다, 너는
두려움 속에 으깨어졌다. 나는 너의 거리들에게 지시하려고
했다: 내가 너에게 또 다른 범위를 줄 테니 내 두 넓적다리
사이에 드러누워라; 그리고 너의 사상(事象)들에게
지시하려고 했다: 내가 너에게 새 이름들을 줄 테니 몸을
씻어라.

　나는 차이를 발견하지 못했다. 나뭇가지를 지니고 있는,
우리가 나무라고 일컫는 머리가 달린 몸과, 가느다란 실들을
지니고 있는, 우리가 인간이라고 일컫는 머리가 달린 몸
간에. 그리고 나는 돌과 자동차가 혼동되었다. 그리고
쇼윈도의 구두가 경찰관의 헬멧으로 보였고, 빵이 함석으로
보였다.

　그럼에도 뉴욕은 허튼소리가 아니라 단어다. 그러나
내가 다마스쿠스라고 쓸 때 나는 단어를 적는 것이 아니라
허튼소리를 모방하는 것이다. 다-마-스-쿠-스. 그것은
여전히 음성, 즉 일종의 바람, 한번 잉크에서 나갔다가
되돌아오지 않은 바람이다. 시간은 문지방에 멈춰 선
채 경계하면서 묻는다: 그것은 언제 돌아오는가, 언제

들어가는가? 또한 베이루트, 카이로, 바그다드도 태양의 미진(微塵)처럼 완전히 허튼소리다.

한 개의 태양, 두 개의 태양, 세 개의, 백 개의……

(아무개가 잠에서 깨어났다 그의 두 눈에는 근심이 뒤섞인 안도감이 있다. 그는 자신의 아내들과 자식들을 내버려 둔 채 총을 들고 밖으로 나간다. 한 개의 태양, 두 개의 태양, 세 개의, 백 개의…… 여기에 그는 실처럼 패배자가 되어 자아 안에 틀어박혀 있다. 그는 카페에 앉아 있다. 카페는 돌들과, 우리가 남자들이라고 일컫는 꼭두각시들과, 말을 토해 내며 의자들을 더럽히는 개구리들로 가득 차 있다. 아무개는 자신의 이성(理性)이 자신의 피로 가득하고 자신의 피는 쇠사슬들로 가득한 상태에서 어떻게 반항할 수 있을까?)
나는 너에게 묻는다. 너는 나에게 말한다:
나는 학문에 문외한입니다만 아랍인의 연금술에 대해서는 진문가입니다.

8
브루잉 부인은 뉴욕의 그리스계 여성이다. 그녀의 집은

지중해 ─ 동부 ─ 책의 한 페이지다. 미렌,²⁵ 니으마툴라,²⁶
이브 본푸아²⁷……와 나는 실성하여, 말로 옮기지 못할
뭔가를 말하는 사람 같다. 카이로는 시간을 모르는
장미가 되어 우리 사이에 흩어져 있었다. 알렉산드리아는
카바피²⁸와 세페리스²⁹의 목소리와 섞여 있었다. "이것은
비잔틴의 성상(聖像)이다……" 그녀가 말했다. 그리고 시간은
빨간 향수(香水)가 되어 그녀의 두 입술에 달라붙어 있다.
시간은 등이 굽어 있었고 눈[雪]은 기댄 채 서 있었다.
(1971년 4월 6일 자정)

그리고 나는 아침에 소리치며 일어났다
귀가 시간 조금 전에: 뉴욕!

너는 어린애들을 눈[雪]과 뒤섞고 시대의 케이크를
만든다. 너의 목소리는 산화물이고, 화학을 넘어서는
독이다. 그리고 너의 이름은 불면이고 질식이다. 센트럴
파크는 자신의 희생자들을 위해 향연을 열고, 나무들
아래에 시체들의 유령들과 단검들이 있다. 바람에게는
벌거벗은 나뭇가지들만 있고, 여행자에게는 막힌 길만 있다.

나는 아침에 소리치며 일어났다: 닉슨, 당신은 오늘
어린애를 몇 명이나 죽였소?

— "이 사안은 중요하지 않다."(캘리)

— "이것이 문제라는 것은 맞는 말이다. 그러나 이것이 적의 수를 감소시킨다는 것 또한 맞지 않은가?"(미국인 장성(將星))

내가 어떻게 뉴욕의 심장에 또 다른 용적을 줄 수 있을까? 또한 심장도 자신의 경계를 확장시킬 수 있을까?

뉴욕 - 제네럴모터스[30] 죽음,

"우리는 남자들을 불로 교체시킬 것이다!"(맥나마라) — 그들은 혁명가들이 수영하는 바다를 메마르게 하고 있다, 그리고 "그곳에서 그들은 지구를 사막으로 만들면서 그것을 평화라고 부른다."(타시투스)

그리고 나는 아침이 되기 전에 일어났고 휘트먼을 깨웠다.

9

월트 휘트먼,

나는 맨해튼 거리들에서 뿔뿔이 날아가는 당신 앞으로의 편지들을 본다. 각 편지는 고양이들과 개들로 가득 차 있는 마차다. 고양이들과 개들에게는 21세기가 있고 인류에게는 파멸이 있다:

이것이 바로 미국의 시대다!

휘트먼,
나는 맨해튼에서 당신을 보지 못했지만 모든 것을
보았다. 달[月]은 창밖으로 내던져지는 껍질이고, 태양은
전기 오렌지다. 자신의 속눈썹 위에 몸을 기댄 달처럼
둥근 모양의 검은색 길이 할렘에서 뛰어올랐을 때, 길
뒤편에는 하나의 빛이 넓은 아스팔트 위에 흩어졌다. 빛은
그리니치빌리지[31]에 도달한 뒤, 뿌리 내린 씨앗처럼 깊숙이
뚫고 들어갔다. 그곳은 또 다른 라틴 구역이다, 즉 당신이
사랑(ﺣﺐ ḥubb)이라는 단어를 택해 ḥ(ح) 아래에 점 한 개를
찍은 후 도달하는 단어[32]다. (나는 내가 런던의 바이스로이
식당에서 그것을 썼던 것을 기억한다. 그때 내가 가진
것이라고는 잉크밖에 없었다. 밤은 참새들의 솜털처럼
자라났다.)

휘트먼,
"시계는 시간을 알린다" (뉴욕 — 여성은 쓰레기다.
쓰레기는 재로 향해 가는 시간이다.)
"시계는 시간을 알린다" (뉴욕 — 파블로프의 조건 반사설.
사람들은 실험용 개들…… 거기에는 전쟁이 전쟁이 전쟁이
있다!)

"시계는 시간을 알린다"(동쪽에서 온 편지 한 장. 한
어린아이가 자신의 동맥으로 그것을 썼다. 나는 그것을
읽는다: 인형은 더 이상 비둘기가 아니다. 인형은 대포이고,
기관총이고, 소총이다…… 빛의 도로들에 있는 시체들이
하노이와 예루살렘 사이를, 예루살렘과 나일강 사이를
잇는다.)

　휘트먼,
"시계는 시간을 알린다" 그리고 나는
"당신이 보지 않았던 것을 보고 당신이 인식하지 못했던
것을 인식한다"
　나는 수백만 개의 섬들 ─ 사람들의 대양에 있는 노랑
게들처럼 군생하는 깡통들로 이루어진 광대한 구역에서
움직인다; 각각은 두 손과 두 발과 깨진 머리를 가진 기둥.
그리고 당신은
"범죄자여, 추방된 자여, 이주자여"
　미국의 하늘에 전혀 알려진 바 없는 참새들이 쓰고 있는
모자에 지나지 않는다!

　휘트먼, 이제는 우리 차례다. 나는 내 시선들로 사다리를
만든다. 나는 내 발걸음들로 베개를 엮어 만든다, 그리고
우리는 기다릴 것이다. 인간은 죽지만 무덤보다 영원하다.

이제는 우리 차례다. 나는 볼가강이 맨해튼과 퀸스 사이에
흐르기를 기대한다; 나는 황허(黃河)가 허드슨강이 흘러드는
곳에 흘러들기를 기대한다. 당신은 이상하게 여기는가?
오론테스강[33]은 테베레강[34]에 흘러들지 않았던가? 이제는
우리 차례다. 나는 진동 소리와 천둥의 굉음을 듣는다.
월스트리트와 할렘은 서로 만난다 ─ 나뭇잎과 천둥이,
먼지와 폭풍이 서로 만난다. 이제는 우리 차례다. 굴[石花]은
역사의 파도에 자신의 둥지를 짓는다. 나무는 자기 이름을
알고 있다. 그리고 세계의 표면에는 구멍들이 있다. 하나의
태양이 가면과 결말을 바꾸고 검은 눈으로 통곡한다. 이제는
우리 차례다. 우리는 바퀴보다 더 빨리 회전할 수 있다,
우리는 원자를 분열시킬 수 있고, 희미하거나 반짝이는,
비어 있거나 꽉 찬 컴퓨터에서 유영할 수 있으며, 참새들을
모국으로 삼을 수도 있다. 이제는 우리 차례다. 상승하는
빨간색의 작은 책이 있다. 단어들 아래에서 무너지는 무대가
아니라 확대되고 성장하는 이 무대야말로 지혜로운 광기의
무대다. 그리고 태양을 계승하기 위해 맑아지는 비. 이제는
우리 차례다. 뉴욕은 세계의 이마 위에서 굴러가는 바위다.
그것의 목소리는 당신 옷 안에, 내 옷 안에 있다. 그곳의
칠흑은 당신의 사지와 나의 사지를 물들인다…… 나는
결말을 볼 수 있다. 그러나 내가 볼 수 있기 위해 시간이
나를 남게 하도록 어떻게 내가 시간을 설득할 것인가?

이제는 우리 차례다. 시간이 이 방정식의 물에서 수영하게
하자:
　뉴욕 + 뉴욕 = 무덤 또는 무덤에서 나오는 모든 것
　뉴욕 − 뉴욕 = 태양.

10
　나이 팔십 대에 나는 열여덟 살로 시작하겠다. 나는
이것을 말하고 또 말하고 되풀이했지만 베이루트는 듣지
않았다.
　시체 한 구 이것은 살갗과 옷을 합치는 것
　시체 한 구 이것은 잉크가 아니라 책으로 누워 있는 것
　시체 한 구 이것은 육체의 형태론과 그 문법 안에 살지
않는 것
　시체 한 구 이것은 지구를 강이 아니라 돌로 읽는 것
　(그렇다, 때로 나는 속담들과 격언을 좋아한다: 당신이
무언가에 심취하지 않는다면 당신은 시체다!)

　나는 되풀이해 말한다,
　나의 시는 나무이고, 가지와 가지 사이, 잎과 잎 사이에는
나무둥치의 모성(母性) 외에 아무것도 없다

나는 되풀이해 말한다,

시는 바람의 장미다. 바람이 아니라 바람이 불어오는 곳,
회전이 아니라 회전축이다.

이렇게 나는 규칙을 폐기한다, 그리고 나는 매 순간을
위한 규칙을 세운다. 이렇게 나는 가까이 다가가 나가지
않는다. 나는 나가서 돌아오지 않는다. 나는 9월과 파도로
향해 간다.

이렇게, 나는 내 양어깨에 쿠바를 짊어지고 나르며
뉴욕에서 묻는다: 카스트로는 언제 도착합니까? 그리고
카이로와 다마스쿠스 사이에서 나는…… 이어지는 길에서
기다린다

……게바라[35]는 자유를 만났다. 그는 그것과 함께
시간의 침대로 들어가 함께 잠을 잤다.

그가 잠에서 깨어났을 때 그것은 없었다. 그는 잠을
포기하고 꿈속에 들어갔다,

저마다 모든 것으로 되기 위한 준비를 한 곳인
버클리에서, 베이루트에서 그리고 나머지 세포들에서.

이렇게,

밤의 스크린이 들어 나르는, 마리화나로 기울어지는 한쪽
면과,

차가운 태양이 들어 나르는, IBM으로 기울어지는 한쪽
면 사이에서,
나는 레바논으로 하여금 분노의 강이 되어 흐르게 했다,
지브란[36]이 한쪽 강변에 떠올랐고 아도니스가 다른 쪽
강변에 떠올랐다.
나는 침대에서 나오듯이 뉴욕에서 나왔다:
그 여인은 빛 잃은 별이고 침대는 공간 없는 나무들이
되어, 절뚝거리는 공기(空氣)가 되어, 가시를 기억하지
못하는 십자가가 되어 부서진다

그리고 지금,
첫 번째 물의 마차에서, 즉 아리스토텔레스와
데카르트에게 상처를 입힌 그림들의 마차에서, 나는
알아쉬라피아[37]와 라으스 베이루트 서점 사이에서, 자흐라
알이흐산[38]과 하이크 카말 출판사[39] 사이에서 분산되고,
그곳에서 글쓰기는 야자수로 그리고 야자수는 비둘기로
변한다.
그곳에서 천일야화는 증식하고 부사이나와 라일라는
사라진다
그곳에서 자밀은 돌과 돌 사이에서 여행하고, 어느 누구도
까이스를 찾지 못한다.[40]

그러나,
어둠과 모래의 장미에게 평안이 있기를
베이루트에게 평안이 있기를.

주(註)

1) 아프리카 북부에 있던 고대 도시국가. BC 146년에 멸망했다.

2) 아랍어로 바을라박(Baʿlabakk)이며, 레바논 수도 베이루트의 동북부에 있는 고대 도시이다.

3) 아이샤(ʿĀ'ishah, ?-678)는 이슬람교 예언자 무함마드의 아내들 중 한 명으로, 무함마드의 총애를 받았다. '신자들의 어머니'라는 칭호로 알려졌으며, 무함마드의 언행을 담은 『하디스』에 해박했다.

4) 탐무즈(Tammuz)는 아시리아와 바빌로니아의 신으로, 식물신의 성격을 띠고 있다. 겨울에 말라 죽었다가 여름에 무성한 식물처럼 1년의 반은 명계에서, 반은 천계에서 지낸다고 한다. 탐무즈 숭배는 시리아와 팔레스타인에서 성행하였고 그리스 신화에서는 아도니스가 되었다.

5) 이 이름과 관련된 인물로 중세 이슬람 시대 페르시아계 슈우비야 시인인 미흐야르 알다일라미(Mihyār al-Daylamī, ?-1037)가 있다. 바그다드 출신으로 조로아스터교 신자였다가 시아파 이슬람으로 개종한 그는 많은 시를 지었으며, 그의 시는 정교한 사상과 고매한 정신을 보여 준다고 알려져 있다. 슈우비야 운동은 중세 이슬람 제국의 아랍인 우월주의 정책에 반발하여 페르시아인을 중심으로 한 비(非)아랍계 무슬림들이 정치, 예술, 특히 문학에서 보여 준 민족적이며 독립적인 자기표현 경향을 말한다. (김정위 편저, 『이슬람 사전』, 학문사, 2002, 384쪽 참조)

6) 아부 누와스(Abū Nuwās, ?-815)는 중세 압바스조의 탁월한 페르시아계 아랍 시인이다. 술을 주제로 한 주시(wine poetry, 아랍어로 캄리야트(al-khamrīyāt))의 시성(詩聖)으로 칭할 만한 시인이다. 음주와 동성애에 탐닉하고 이에 관한 시를 써 이슬람에 극도의 불경을 저지른 것으로 알려져 있다. 『천일야화』에도 등장하며, 아랍 민담에서 쾌락주의와 환락을 대표하는 인물이다.

7) 파티하 장은 '개경장(開經章)'으로 번역되는 코란의 첫 장으로 일곱 개의 절로 이루어져 있다.

8) 카말 줌블라트(Kamal Fouad Jumblatt, 1917-1977)는 레바논 내전 기간에 활동한 정치 지도자. 사상가이자 철학자이며 드루즈파의 수장으로 내전 중 '레바논 민족운동'을 주도하고 팔레스타인 해방 운동의 대의를 지지하였으며, 내전에 개입한 시리아의 아사드 정권에 맞서 반정부군을 이끌었다.

9) 월트 휘트먼(Walt Whitman, 1819-1892), 미국 시인.

10) 키르쿠크(Kirkuk)는 이라크 북동부의 도시. 유전이 있어 이라크 석유 공업의 중심지다.

11) 다란(Dhahran)은 사우디아라비아 동부에 위치한 도시로, 대규모 유전 지대가 있다.

12) 디르함(dirham)은 중세 이슬람 제국에서 사용된 은화.

13) 이슬람 예언자 무함마드의 출생지인 오늘날 사우디아라비아의 메카에는 카바(Ka'bah) 신전이 있고, 그 신전의 동쪽 구석에 흑석이 있다. 순례자들은 카바를 돌면서 손으로 흑석을 만지거나 입을 맞추기도 한다.

14) 모세 다얀(Moshe Dayan, 1915-1981), 이스라엘의 군 사령관, 국방부 장관, 외무부 장관 등을 역임한 군사 지도자 겸 정치가.

15) 베드퍼드스타이베선트(Bedford-Stuyvesant)는 미국 뉴욕 시 브루클린의 중앙 지역.

16) 아랍어 원문에는 숫자 5가 없다.

17) 아도니스의 친구이자 번역가인 미렌(Mirène Ghossein)의 딸 이름.

18) 아랍 여성 이름. 아도니스의 딸 이름이기도 하다.

19) 미국의 37대 대통령 닉슨(Richard Milhous Nixon, 1913-1994).

20) '흑인들의 지도자' 알리 이븐 무함마드('Alī ibn Muḥammad, Ṣāḥib al-Zanj)는 869-883년 압바스조에 대항해 반란을 일으킨 흑인 해방 운동 지도자이자 시인.

21) 알니파리(al-Niffarī, ?-약 965)는 10세기경 활동한 수피(이슬람 신비주의자). 수피즘 명저 『기립의 서(Kitāb al-Mawāqif)』를 썼다.

22) 우르와 이븐 알와르드('Urwah ibn al-Ward, ?-607)는 이슬람 이전 시대의 시인이자 떠돌이 기사(騎士). 관대함과 구빈의 실천으로 알려진 인물로, 비록 도적이기는 했지만 자신을 위해서가 아니라 가난한 자들을 돕기 위해 타인의 재산을 노략한 것으로 유명하다.

23) 알마아르라(al-Ma'arrah)는 시리아 북서부의 도시.

24) 아부 알라 알마아르리(Abū 'Ala al-Ma'arrī, 973-1057)는 알마아르라 출신의 대시인으로, 이슬람의 독단적 교리를 거부하고 이성주의를 수용한 철학자이기도 했다. 명저 『용서의 서한(Risālah al-Ghufrān)』은 단테의 『신곡』의 모델로 간주되기도 한다.

25) 미주 17번 참조.

26) 니으마툴라는 역사상의 수피 니으마툴라 이븐 아흐마드(Ni'matu-llah ibn Aḥmad, ?-1533) 또는 니으마툴라 왈리(Ni'matu-llah Wali, ?-1329) 중 한

사람을 가리킨다.

(*A Time between Ashes and Roses: Poems/Adonis*, translation by Shawkat M.
Toorawa, Syracuse University Press, 2004, p. 212.)

27) 이브 본푸아(Yves Jean Bonnefoy, 1923-2016)는 프랑스 시인, 문예 평론가,
영문 시와 희곡 번역가로, 그와 아도니스는 오랜 기간 우정을 나누었다.
(같은 책, pp. 209-210.)

28) 콘스탄틴 카바피(Constantine Peter Cavafy, 1863-1933)는 그리스 시인이자
언론인. 이집트 알렉산드리아에서 태어났고, 한때 영국과 콘스탄티노플로
이주했으나 이후 알렉산드리아로 돌아와 활동했다. 기독교 정신, 애국주의,
이성 연애주의 등 전통적인 가치관을 거부한 회의주의자로, 역사 주제들을
서정시로 다루었다.

29) 조지 세페리스(George Seferis, 1900-1971)는 그리스 시인이자 외교관.
초현실주의 시인으로 출발하였으며, 이후 고대 그리스 시의 전통을 살린
시풍을 보여 주었다. 1963년에 노벨문학상을 수상했다.

30) 미국의 자동차 제조업체.

31) 그리니치빌리지(Greenwich Village)는 미국 뉴욕 맨해튼 남부에 있는 예술가
거주 지역.

32) 이 아랍어 단어는 ﺏﺟ(jubb, 우물, 물탱크, 저수지, 구덩이, 구멍)이다.

33) 오론테스강(Orontes River)은 서남아시아 서부에 흐르는 강.

34) 테베레강(Tevere River, Tiber River)은 이탈리아 중부를 흐르는 강.

35) 쿠바 혁명에서 활동한 공산주의자 체 게바라(Che Guevara, 1928-1967).

36) 레바논계 미국인 예술가 칼릴 지브란(Khalīl Jibrān, 1883-1931). 철학적
수필, 소설, 시를 썼으며 화가로도 활동했다.

37) 알아쉬라피야(al-Ashrafiyah)는 레바논 수도 베이루트 동부의 행정구역명.

38) 자흐라 알이흐산(Zahrah al-Iḥsān)은 알아쉬라피야 구역에 있는 거리.

39) 하이크 카말 출판사는 아도니스가 창간한 문예지《상황(Mawāqif)》을
출판한 곳이다.

40) 중세 아랍시의 종류 중 하나는 가잘(ghazal) 즉 연애시다. 그중에서
사랑하는 여인을 향해 애타는 '남자의 심정을 그린 것이 '순애적 가잘'로,
이와 관련해 사랑으로 고통받은 아랍 청년들에 관한 여러 이야기들이 전해
오며 그중 유명한 것이 부사이나(Buthaynah)를 사랑한 자밀(Jamīl ibn
Maʿmar, ?-701)과 라일라(Laylā)를 사랑한 까이스(Qays ibn al-Mulawwaḥ,
?-7세기경)이다. 자밀은 사촌 여동생 부사이나와 결혼이 성사되지 않아
좌절했고, 까이스 또한 라일라와 결혼하지 못하자 미쳐서 사막을 방황하다

생애를 마쳤다. 까이스는 '마즈눈 라일라(Majnūn Laylā, 라일라를 사랑해 미친 남자)'라는 별명으로 알려져 있다.

변화와 혁신의 시인

김능우

아랍 시의 개혁을 시도한 시인

시인 아도니스(Adūnīs, 1930-)의 본명은 알리 아흐마드 사이드('Alī Aḥmad Sa'īd Isbir)로, 시리아 서부 라타키아 시에서 가까운 알깟사빈 마을의 평범한 농가에서 태어났다. 시골에 살며 넉넉하지 못한 가정 형편으로 유년 시절 정규 교육을 받지 못했고, 단지 쿳탑(이슬람 사원 부속학교)에서 코란을 배우고 부친 밑에서 고전 아랍시를 배웠을 뿐이었다. 시골 소년 알리가 향후 세계적 시인 아도니스로 성장하게 된 계기는 우연히 다가왔다. 1944년 당시 신생 공화국이던 시리아의 대통령 슈크리 알꾸와틀리(1943-1949 재임)가 마을을 방문해, 마을에서 환영의 의미로 소년 알리에게 대통령 앞에서 시를 지어 낭송하게 했다. 대통령이 시를 듣고 칭찬하면서 소원을 말해 보라고 했고 알리는 일반 학교에 가고 싶다고 답했다. 소원이 이루어져 알리는 장학생이 되었고 1950년 고등학교를 졸업했다. 학문에 열정이 있었던 그는 정부 장학생으로 시리아대학교(현 다마스쿠스대학교)에서 수학하였으며, 1973년 레바논 수도 베이루트에 소재한 성(聖) 요셉대학교에서 논문 『아랍 문화에서의 고정과 변화』로 박사학위를 받았다.

모국인 시리아에서 진보 사회를 지향하는 정당의 당원으로 활동하던 그는 정치적 이상이 좌절되자 1956년 레바논으로 이주해 1975년까지 그곳에서 거주했다. 1960년 프랑스 정부 장학금으로 1년간 소르본 대학교에서 수학한 후 레바논으로 돌아와 레바논 국적을 취득하였다. 1980년 레바논 내전을 피해

프랑스 파리로 갔으며 이후 프랑스, 레바논, 시리아, 미국에서 강의를 맡기도 했다. 1985년 가족과 함께 파리로 이주한 이래 지금까지 파리에 살고 있다.

1950년대부터 시인이자 평론가로 활동을 시작한 아도니스는 레바논에서 문예지 편집 출간에 적극 참여하고 시와 평론을 발표하면서 창의적인 시론을 형성해 갔다. 혁신적인 아랍 문예지 《시(Shi'r)》 편집에 참여했고, 1968년에는 문화와 문학 연구에 관한 새로운 잡지 《상황(狀況, Mawāqif)》을 창간했다.

아도니스는 평생 아랍 시의 현대화 작업에 노력을 기울여 왔다. 작품과 평론을 통해 전통적인 아랍 시에 변혁을 시도한 인습 타파주의자로 알려져 있다. 아도니스는 아랍의 전통에 정면으로 맞서 도전한다. 그 전통은 종교, 문화, 정치, 사회일 수도 있고, 문학 특히 시 분야에 한정될 수도 있다. 여전히 아랍·이슬람 전통에 뿌리를 둔 현대 아랍 시에 가해진 그의 평론들은 아랍 지식층에 많은 논쟁을 불러일으켰다. 그의 혁신적 사상과 방식에 반기를 드는 지식인들이 적지 않지만, 또한 그의 시에 대한 견해나 시 쓰는 방식, 주제에 대해 긍정적이고 발전적으로 보는 이들도 있다. 그가 제시한 시작(詩作)의 새로운 견해와 시도는 현대 아랍 시인들에게 영향을 주었으며, 특히 시어와 이미지에 대변혁을 일으키는 데 선구적인 역할을 했다.

구체적으로, 현대 아랍시에 아도니스가 기여한 바는 일종의 자유시인 신시(New Poetry) 운동을 주도한 것이다. 이슬람 이전 시대(약 4-5세기)부터 20세기 중반까지 줄곧 아랍 문학의 줄기를 형성한 전통적 아랍 시인 까씨다(qaṣīdah)의 영향에서 벗어나는 것이 이 운동의 핵심이었다. 오랜 기간 동안 주류를 형성해 온 정형시 까씨다의 고유한 틀을 깨트리거나 거스르려는 시도 및 발상은 그때까지 어느 시인도 감히 하지 못하던 것이었다. 현대에 와 이 엄격한 문학적 관습에 도전장을 내민 일부 시인들이 있었고, 아도니스는 그 선두였다. 그들은 케케묵은 표현들을 폐기하고 까씨다의 운율 또는 형식상의 제약을 파기한 새로운 시를 쓸 것을 주장했다. 또한 까씨다의 고전적 어법과 고풍스러운 주제에서 벗어나 현대 일상의 아랍어를 폭넓게 수용하는 시어의 혁신을 강조했다.

신시 이론을 바탕으로 한 아도니스의 사상의 핵심은 종속의 거부, 정체(停滯)로부터의 이탈, 미래 지향, 생명력으로 축약할 수 있다. 그는 자신의 사상과 예술의 모든 과정에서 일체의 종속적 형태들을 거부하고 인간 삶의 모든 측면에서 자유와 해방을 촉구한다. 또한 그는 문화, 정치, 사회적 정체의 논리와 그것에서 파생되는 주의(主義), 분파적 조류, 그리고 기존의 낡은 관습과 전통에서 이탈을 계획한다. 그는 창조의 사명에 골몰해 있으며, 이로 인해 새로운 발상과 시 쓰기를 함으로써 비판과 혹평을 받기도 한다. 그의 문화적 구상은 보다 유용한 미래를 향하고, 발전적이며 인간적인 운동을 바탕으로 한다. 아도니스는 시에서 출발해 인간 삶의 제 분야, 곧 정신, 문학, 학문 등 모든 분야에서 '현대'의 개념 범주 내의 개혁과 쇄신, 창조를 부르짖고 있다.

아랍과 유럽의 문학과 문화에 세련되고 깊은 식견을 가진 아도니스는 인습의 전복과 파괴를 기도하면서도, 동시에 자신의 문화와 민족에 대해 고뇌 어린 애정을 지니고 긍정을 위한 거부를 행한다. 1988년 이래 지금까지도 빈번하게 노벨 문학상 후보에 오른 것은 '변화'와 '새로움'을 추구하는 그의 작품이 세계적 문화와 정서, 인류 공동의 이상에 접근할 요소를 충분히 구비하고 있음을 보여 준다. 일부 아랍인의 반발에도 불구하고 세계인의 시선에 그의 작품과 사상이 보편적 가치를 지녔음이 인정된 것이다.

필명 '아도니스'와 탐무즈파
'아도니스'라는 필명은 그의 혁신적인 시를 게재하기를 거부한 문예지에 글을 싣고자 택한 것이었다. 이 필명은 시인의 심도 있고 난해한 작품세계를 이해하는 열쇠다. 아도니스는 그리스 신화에 나오는 미소년의 이름에서 따온 것으로, 안타깝게 생을 마치는 비극적 이야기의 주인공이다. 소년은 여신 아프로디테의 사랑을 받았으나 이를 질투한 아프로디테의 애인 아레스의 음모로 죽음을 당하였는데, 그때 흘린 소년의 피에서 아네모네가 돋아났다고 한다. 이 신화는 겨울 동안 말라죽고 봄이 되면 싹트고 무성해지는 식물의 생태를 상징하고 있어, 아도니스는 한편 해마다 죽었다가 부활하는 자연의 순환을 나타내는 초목의 정령으로도 여겨진다. 신화학자들은 그리스 신화의 아도니스가 기원전 3000년경 메소포타미아 바빌로니아의 풍요의 신으로 봄이 되면 겨울동안 죽어 있던 자연에 새 생명을 부여하는 힘을 가지고 있었던 탐무즈(Tammuz)의 변형이라 추정한다. 이를 통해 시인이 아도니스를 자신의 필명으로 삼은 까닭을 짐작해 볼 수 있다. 즉 시인 아도니스는 죽음에 이어지는 풍요와 소생, 부활의 의미에 관심을 갖고 있었다.

시인 아도니스는 통칭 20세기 중반에 나타난 '탐무즈 파(派)' 아랍 시인들 중 한 사람이다. 탐무즈파는 그 명칭에서 보듯, 생명의 부활과 소생이라는 상징을 띤 탐무즈 신화와 관련된다. 그렇다면 아도니스를 포함한 이 시인들은 대체 무엇을 목적으로 탐무즈 신을 전면에 내세웠을까? 무엇을 추구하려 했을까? 21세기 오늘날도 크게 나아진 것이 없지만, 20세기 중반 아랍의 상황은 더욱 피폐했고 열악했다. 1948년 팔레스타인에 이스라엘이 세워진 후 아랍인들은 격심한 좌절감과 상실감을 느꼈고, 삶의 황폐를 직시하게 되었다. 강대국의 전횡에 의한 무력감과 빈곤, 서구 문화의 침투에 따른 전통 문화의 약화 등 삶에는 암울함만이 가득했다. 탐무즈파 시인들은 동포들의 절망을 그려내는 동시에, 방황에서 벗어날 수 있도록 그들에게 희망을 불어넣고자 했다. 특히 그들은 20세기의 대표적 모더니스트 시인 T. S. 엘리엇이 「황무지」(1922년)에서 아도니스,

오시리스 등의 고대 풍요 신화의 원형을 사용하면서 20세기
인류문명의 황폐함을 그려낸 데 자극을 받기도 했다. 탐무즈파
시인들은 「황무지」의 물 마른 대지와 1948년 사태 이후
아랍에서의 삶의 황폐화 간에 유사성을 발견하였다. 동시에 풍요
신화에서 피 흘림의 희생을 통한 메마른 대지의 회복에 영감을
얻었다. 탐무즈파 시인들은 신화 또는 신화적 요소들에 깊은
관심을 갖고 시에 활용했다. 그들은 바빌로니아, 페니키아, 그리스,
이집트, 기독교, 이슬람교 등과 같은 다양한 신화와 종교에서
원형을 찾았으며, 그 예로는 아도니스, 시시포스, 프로메테우스,
불사조, 오시리스, 그리스도, 알후사인(이슬람 시아파에서 순교자로
숭앙받는 인물) 등을 들 수 있다.
　이 책에서도 그런 원형이 사용된 작품을 볼 수 있다. 「부활과
재」에서 불사조와 그리스도의 신화 원형의 예를 다음과 같이 볼
수 있다.

> 불사조여,
> 죽음은 우리의 청춘 안에서
> 죽음은 우리의 삶 안에서
> 샘터와 탈곡장을 갖는다.
> 고독의 바람이나
> 무덤들의 메아리는 죽음의 심중에 없다.
> 어제 어느 한 사람이 죽었다
> 십자가에서 죽었다.
> 그의 불은 스러졌다가 되돌아왔다.
> 그는 버찌의 호수, 빛의 불길, 약속으로 보였다.
> 그의 불은 스러졌다가 되돌아왔다
> 재와 어둠으로부터.
> 그의 불은 작열하였다

「부활과 재」에서 탐무즈 원형도 나오고 있다.

> 탐무즈는 새끼 양 같아서 ─ 봄이 오면 뛰어다닌다
> 꽃들과 들판, 그리고 물을 그리워하는
> 별 모양의 개울과 함께.

「시시포스에게」의 신화 원형 부분도 소개해 본다.

> 나는 물 위에 글을 쓰기로 맹세했다
> 나는 시시포스와 함께 짊어지기로 맹세했다
> 그의 육중한 바위를.

이러한 신화 원형의 예에서 고난과 죽음의 역경을 맞이하면서 동시에 삶의 희망을 품고 재기하려는 인간의 의지를 감지할 수 있다. 시인 아도니스는 이 필명을 택함으로써 시 세계의 방향과 목표를 정하였을 것이다. 팔레스타인 사태가 아랍인들에게 가져온 충격과 아랍 세계 전 분야에 퍼진 낙후성과 정체에서 아도니스는 아랍 지역의 황폐함을 직시했고, 젊은 시절 한때 정치 참여를 통해 현상을 타개하려고도 해 보았지만 여의치 않자 문학과 문화 분야에 전념하는 길을 택했다. 어찌 보면 그는 정치가, 사회활동가로서 아랍 사회 구조에 변화와 혁신을 시도하는 방법이 아니라, 문학, 특히 시와 문화 전반에서 아랍인의 사고방식을 개혁하려는 지적(知的) 운동으로 나아가는 길을 택한 것이었다. 신화 속 아도니스의 피에서 봄의 활력을 띤 붉은 아네모네가 피어나듯 시인 아도니스는 변화와 발전을 위해 고통과 희생을 두려워 말기를 강조하면서 그 스스로 아랍 시와 아랍 문화에서 피 흘리는 아도니스가, 또는 스스로 불사르는 불사조가, 십자가형을 받은 그리스도가 되고자 했을 것이다.
　아도니스는 시를 통해 무엇을 추구하고, 아랍인과 세계에 무엇을 말하려 하는가? 아도니스는 아랍의 현실과 아랍의 시 경향, 양자에 관심을 기울여 왔다. 전자의 경우 아랍 상황의 정체(停滯)와 그것의 뿌리인 1400년간 이어져 온 이슬람 지배 체제에 대해, 후자의 경우 아랍 시의 고전적 특성에 대해 비판한다. 양자는 변화의 거부라는 점에서 밀접하게 연관된다. 시의 정형화는 보수적 제도의 고착과, 그리고 —— 아랍 지역을 포함해 유연성을 상실한 전 세계 민족이나 국가에서 목도되는 —— 사고의 답습이나 전통의 고집과 연결된다. 아도니스는 시에서의 개혁과 더불어 사고방식에서의 변화를 요구하고 있다. 아도니스는 자신의 문학에 영향을 준 주요 사상으로 수피즘(sufism. 이슬람 신비주의)과 그리스 철학가 헤라클레이토스(Heraclitus of Ephesus, ?-약 BC 480)의 변증법, 니체(F. W. Nietzsche, 1844-1900)의 사상을 꼽는데, 이 세 가지는 각각 초월과 변화, 인본주의를 함의하고 있다. 자아와 타자 간에 경계를 허무는 수피즘, 고정된 진리를 부정하고 지속적인 변화를 주장한 헤라클레이토스, 유럽의 문명을 재검토한 니체는 모두 당대의 지식이나 사고방식에 맞서 새로운 방향으로의 혁명을 이끌었다. 역자는 묻고 싶다. 우리 자신은 현실 속에 머무르거나 도취되어 있지는 않은지. 고통이 따르는 것을 우려해 변화와 창의, 혁신을 멀리한 채 태만과 타성에 함몰되어 있지는 않은지.

글을 마무리하며 아도니스의 시 「연금술의 꽃」을 인용해 본다. 우리는 새로운 보물과 수확물을 찾기 위해 재가 되고, 굶주리고, 고아처럼 외로움을 겪는 고통을 감수해야 한다.

나는 재의 천국에서 여행해야 한다
그곳의 감추어진 나무들 사이로.
재에는 전설들과 다이아몬드와 황금빛 양털이 있으니.

나는 굶주림 속에서, 장미꽃 속에서,

추수를 향해 여행해야 한다.
나는 여행해야 한다.
나는 쉬어야 한다.
고아가 된 입술들의 아치 아래에서.

고아가 된 입술들에, 그것들의 상처 입은 그림자에
고대 연금술의 꽃이 있으니.

아도니스는 첫 시집 『첫 번째 시』(1957)를 비롯해 『바람 속의
잎새』(1958), 『다마스쿠스인(人) 미흐야르의 노래』(1961), 『낮과
밤의 영역에서 변화와 이동의 서(書)』(1965), 『무대와 거울』(1968),
『재[灰]와 장미 사이의 시간』(1970), 『이것이 나의 이름』(1980),
『시의 어휘』(1996) 등의 시집이 있고, 문학과 문화 평론으로
『아랍시 서설(序說)』(1971), 『고정과 변화』(3권. 각권 1974, 1977, 1978),
『아랍 시학』(1985), 『수피즘과 초현실주의』(1992), 『코란 본문과
글쓰기』(1993) 등이 있다.
  아도니스는 시 분야에서의 공로를 인정받아 시 부문
국가상(1974, 레바논), 예술문학 훈장(Ordre des Arts et des Lettres(1997,
프랑스), 괴테 메달(Goethe Medal, 2001, 독일), 미국 문학상(America
Award in Literature(2003, 미국), 비요른손상(Bjørnson Prize, 2007, 노르웨이),
괴테상(Goethe Prize, 2011, 독일), 펜/나보코프상(PEN/Nabokov Award
for Achievement in International Literature, 2017) 등 국제적으로 다수의
문학상을 수상했으며, 여전히 노벨문학상 수상 후보자로
거론되고 있다.

* 이 책에 수록된 시의 각 출처는 다음과 같다.

「사랑」, 「집」, 「산고(産苦)」

Adonis, *The Poetical works 1*, Al Mada Publishing Company, 1996.

(أدونيس، الأعمال الشعرية ١: أغاني مهيار الدمشقي وقصائد أخرى،
دار المدى للثقافة والنشر، ١٩٩٦.)

「부활과 재」

Adonis, *The Poetical works 2*, Al Mada Publishing Company, 1996.

(أدونيس، الأعمال الشعرية ٢: هذا هو اسمي وقصائد أخرى،
دار المدى للثقافة والنشر، ١٩٩٦.)

「나날」, 「벼락」, 「그는 별이 아니다」, 「미흐야르 왕」, 「그의 음성」, 「상처」,
「시시포스에게」, 「죽음으로의 초대(─합창곡)」, 「여행자」, 「방랑자」,
「타인들」, 「행선지 불명의 땅」, 「제가 당신께 말씀드렸지요……」, 「죄의 언어」,
「당황(─합창곡)」, 「어느 신(神)이 죽었다」, 「예견」, 「아부 누와스를 위한
애도사」, 「대화」, 「심연」, 「눈물의 가교」, 「아담」, 「마법의 대지」, 「한 번이자
마지막으로」, 「죽음」, 「두 개의 주검」, 「현존」, 「까마귀의 깃털로 쓴다」

Adonis, *Songs of Mihyar of Damascus*(1960-1961), Dar al-Adab, Beirut,
1988.

(أدونيس، أغاني مهيار الدمشقي (١٩٦٠-١٩٦١)،
دار الآداب، بيروت، ١٩٨٨.)

「불의 나무」, 「연금술의 꽃」, 「동녘의 나무」, 「주야(晝夜)의 나무」, 「나무」,
「아침의 나무」, 「새싹들의 영역」

Adonis, *Migrations and Transformations in the Regions of Night and Day*, Dar
al-Adab, Beirut, 1988.

(أدونيس، كتاب التحولات والهجرة في أقاليم النهار والليل،
دار الآداب، بيروت، ١٩٨٨.)

「칼리다를 위한 거울」, 「사랑에 빠진 육체를 위한 거울」, 「한 여자와 한
남자」, 「순교자」, 「베이루트를 위한 거울」, 「서(西)와 동(東)」

Adonis, *Stage and Mirrors*, Dar al-Adab, Beirut, 1988.

(أدونيس، المسرح والمرايا (١٩٦٥-١٩٦٧)، دار الآداب،
بيروت، ١٩٨٨.)

「탐색」, 「시인들」, 「시도」, 「아이들」, 「의혹의 출발」, 「시(詩)의 출발」,
「최초의 작명」, 「아부 누와스」, 「길의 시작」, 「길의 시작 2」, 「사랑의 시작」

Adonis, *The Poetical works 1*, Al Mada Publishing Company, 1996.

(أدونيس، الأعمال الشعرية ١: أغاني مهيار الدمشقي وقصائد أخرى،
دار المدى للثقافة والنشر، ١٩٩٦.)

「뉴욕을 위한 무덤」

Adonis, *This is My Name*, Dar al-Adab, Beirut, 1988.

(أدونيس، هذا هو اسمي، دار الآداب، بيروت، ١٩٨٨.)

세계시인선 42   너의 낯섦은 나의 낯섦

1판 1쇄 펴냄 2020년 7월 25일
1판 2쇄 펴냄 2021년 9월 3일

지은이 아도니스
옮긴이 김능우
발행인 박근섭, 박상준
펴낸곳 **㈜민음사**

출판등록 1966. 5. 19. (제16-490호)
주소   서울시 강남구 도산대로1길 62
          강남출판문화센터 5층 (06027)
대표전화 02-515-2000   팩시밀리 02-515-2007

www.minumsa.com

한국어 판 ⓒ ㈜민음사, 2020. Printed in Seoul, Korea

ISBN 978-89-374-7542-9 (04800)
      978-89-374-7500-9 (세트)

세계시인선 목록